왜 너는 나를
사랑하지 않는가

왜 너는 나를
사랑하지 않는가

펴 낸 날 2024년 8월 20일 초판 1쇄

지 은 이 김현민
펴 낸 이 박지민
편 집 김정웅, 윤주서, 이경미
책임편집 민영신
책임미술 롬디
마 케 팅 박종천, 박지환

펴 낸 곳 모모북스
서울특별시 동대문구 왕산로81, 203-1호(두산베어스 타워)
전화 010-5297-8303 팩스 02-6013-8303
등록번호 2019년 03월 21일 제2019-000010호
e-mail pj1419@naver.com

ISBN 979-11-90408-61-5 03810

• 책값은 뒤표지에 있습니다.
• 잘못된 책은 구매하신 곳에서 교환해드립니다.
• 모모북스에서는 여러분의 소중한 원고를 기다립니다.
투고처: momo14books@naver.com

다 잘하는데 연애만 못하는 남자의
세상 솔직한 사랑 이야기

왜 너는 나를 사랑하지 않는가

김현민 지음

모모북스

너는 몰랐을 것이다.

내가 20년 동안 이 문제에 답을 찾아 헤맸을 줄은.

나도 몰랐다.

내가 20년 동안 이 문제를 풀지 못하고 있을 줄은.

Prologue

질문

첫사랑은 열다섯 살 때였다. 같은 반에 있었던 자그마한 체구에 단발머리를 한 소녀였다. 어느 겨울날 창밖에서 비쳐 드는 햇살에 너의 갈색 머리가 반짝였고, 그 순간 예쁘다고 느꼈다.

좋아했다. 네가 나에게 한 번 웃어준 것만으로도, 먼저 말을 걸어준 것만으로도 하루가 행복했고, 너의 기분이 좋아 보이지 않을 때면 나도 괜스레 울적해졌다.

하지만 안타깝게도 너는 날 좋아하지 않았다. 바구니에 든 큰 빼빼로도 선물해 봤고, 편지도 써봤고, 그 밖에 해볼 수 있는 건 다 해봤지만 너의 마음은 움직이지 않았다.

"왜 너는 나를 사랑하지 않는가?"

그건 삶이 내게 던진 첫 번째 질문이었다.

나는 공부를 잘했다. 반에서 늘 1등만 한 것도 아니고 시험을 봤다 하면 다 100점을 맞은 것도 아니었지만 적어도 반에서 3등을 벗어난 적은 거의 없었다. 5등 밖은 아예 세상에 없는 줄 알고 살았다. 나는 시험이 끝난 쉬는 시간마다 아이들에게 둘러싸여 몇 번 문제에 정답이 뭐였냐는 질문을 받는 학생 중에 하나였다. 어릴 적의 나를 기억하고 있을 동창들을 찾아가 김현민은 어떤 아이였느냐고 묻는다면 대부분은 공부를 잘하는 아이라고 답할 것이다.

그래서 늘 인정받았다. 선생님들은 나를 기특해했고, 부모님은 자랑스러워했으며, 친척 어른들이나 친구네 엄마들은 우리 부모님을 부러워했다.

물론 매일 행복하기만 했던 건 아니다. 형이 내가 레고 블록으로 만든 성을 부쉈을 때, 친구들과 술래잡기를 하는데 나만 계속 술래에 걸렸을 때 나는 슬펐다. 하지만 적어도 어쩌면 내가 이 세상에서 무가치한 존재일지 모른다는 생각을 하지는 않았다. 나는 언제나 가치 있는 인간이었다. 성공할 거고, 행복한 삶을 살 거였다. 여기엔 의심의 여지가 없었다. 내 삶에는 아무런 질문도 필요하지 않았다.

그런데 처음으로 그게 무너졌다. 부모님과 선생님, 그리고 어른들은 나를 가치 있는 인간이라고 했다. 그러니 너는 가치 있는 인간인 나를 사랑했어야 한다. 그런데 그렇지 않았다. 선생님들의 칭찬, 교실 뒤편에 붙어 있는 순위표, 학원 전단지에 실린 내 이름. 내가 그동안 가치 있는 것이라고 배워왔던 것들은 네가 나를 사랑하게 만드는 데는 하나도 도움이 되지 않았다. 철저히 무가치했다.

친구들은 말했다. 세상에 여자가 걔만 있는 것도 아니지 않냐고, 너는 공부 잘하니까 나중에 훨씬 예쁘고 좋은 여자 만날 수 있을 거라고 했다.

어른들은 말했다. 학창 시절에 연애질이나 하는 놈들은 인생 포기한 거라고, 분명히 어른이 되어서 후회할 거라고, 그들이 무시하던 공부만 할 줄 아는 샌님들 밑에서 평생 머리를 조아리며 살게 될 거라고 했다.

하지만 그건 충분한 답이 되지 않았다. 세상에 여자가 많으면 뭐 하나, 내가 원하는 건 너뿐인데. (실제로 그런 일이 생기지도 않았지만) 나중에 돈 많이 벌어서 쭉쭉빵빵한 여자 만나면 뭐 하나. 그 여자들은 나라는 사람 자체가 아니라 내 조건을 보고 온 걸 텐데. 내가 가진 걸 잃거나 나중에 더 돈 많고 더 잘나가는 남자 만나면 언제라도 날 버리고 떠날 텐데. 드라마를 보면 꼭 가난한 주인공은 배려와 사랑으로 여자를 지켜주려 하고, 속물적인 악당은 돈과 권력으로 여자를 소유하려 하고, 뜻대로 안되면 해치려고까지 들던데, 나한테 그 악당처럼 되라고 하는 거 아닌가. 나중에 어른이 되어서 좋은 직업을 갖고 돈을 많이 번들 무슨 소용이 있나. 나는 지금 당장 네가 내 곁에 있길 원하는데. 그럴 수만 있다면 주변의 칭찬과 인정, 어른들이 약속한 장밋빛 미래 따위야 아무래도 좋은데.

그리고 20년이 지났다. 하지만 나는 아직도 이 질문에 대한 답을 찾지 못했다.

목차

2장 젊은 독거노총각의 슬픔

3장 연애 못해본 남자, 연애 예능에 나가다.

1장

왜 너는 나를 사랑하지 않는가?

유예

하지만 그 질문을 오래 붙들고 있을 수는 없었다. 더 시급한 문제들이 있었기 때문이다. 단어 시험에서 틀린 개수만큼 회초리로 손바닥을 맞을 때 피부에 전해지는 아릿한 통증, 교실 뒤에 붙은 시험 순위표에서 내 위에 몇 명이 있고, 밑에 몇 명이 있는지 확인할 때 느끼는 우월감 혹은 좌절감. 사랑이 뭐네, 인생이 뭐네 하는 답 없는 논쟁에 골몰하고 있기에 그런 것들은 너무나 즉각적이었고, 또 자극적이었다. 그래서 공부를 했다. 시험 기간이 되면 문제집을 달달 외우고, 끝나면 며칠 쉬었다가 또 달달 외웠다. 그것을 반복했다.

그러던 중 누군가를 만났다. 그리고 좋아하게 되었다. 대놓고 표현을 하지는 않았지만 어떻게 내 마음을 눈치챘는지, 수능 시험을 얼마 앞두고 나한테 물었다. 자기 좋아하냐고. 나는 우물쭈물 대다가 그렇다고 답했고, 너는 나한테 어디 대학 가고 싶냐고 물었다. 나는 연세대에 가고 싶다고 했다. 정말 그게 목표였던 건 아니었다. 서울대는 도저히 못 갈 것 같고, 고려대는 너무 흔해 보여서 연세대라고 했다. 그러자 너는 내가 그 대학에 들어가면 나와 사귀어 주겠다고 했다.

나는 그 약속을 지켰다. 절대 못 받을 거라 생각했던 성적을 받았고, 못 갈 거라고 생각했던 대학에 갔다. 하지만 너는 지키지 않았다. 그전에 이미 다른 남자가 생겨버렸고, 내 연락을 피했다. 이후로 나는 너를 만나지 못했다.

주변 친구들은 너를 욕했다. 걸레 같은 년이라고, 날 이용해 먹은 거라고 했다. 가서 나 연대 갔다고 한마디 하고 오라 하기도 했다. 하지만 나는 그렇게 하지 않았다. 그러고 싶은 생각도 없었다. 그녀가 딱히 무언가를 잘못했다고 생각하지도 않았다. 화가 나지도, 억울하지도 않았다.

이렇게 될 걸 알고 있었기 때문이다. 그냥 대학을 가고 나서도 아니고 '연세대'를 가고 나서란다. 내가 연세대를 못 갔더라면 나랑 안 사귀었을 거라는 말이다. 그렇다면 네가 원했던 건 나라는 인간인가 아니면 좋은 학벌, 그리고 그 학벌을 통해 얻게 될 높은 사회적 지위(물론 얻지 못했지만)인가. 만약 후자라면, 설령 너에게 다른 남자가 생기지 않았다 한들, 정말로 나와 연애를 하게 되었다고 한들 얼마나 갔겠는가. 오래갔다 한들, 그 관계에 어떤 진정성이 있었겠는가.

이 결말은 이미 중학교 2학년 때 예정되어 있었다. 첫사랑에 실패하고 상심에 빠져 있던 내게 친구들이 너는 공부 잘하니까 나중에 좋은 여자 만나면 되지 않냐고 했을 때, 그게 무슨 의미가 있냐고 반문했을 때 나는 언젠가 이런 일이 벌어질 거라는 걸 이미 알고 있었다.

결국 나의 비겁함 때문에 벌어진 일이다. 유년 시절 내가 숭배해온 가치는 성적이었다. 공부를 열심히 해서 시험을 잘 보고, 그렇게 해서 좋은 대학, 좋은 직장에 들어가는 것. 그게 삶의 전부였다. 추구하는 바가 명확하니 해야 할 일도 명확했다. 공부를 열심히 하면 됐다.

"왜 너는 나를 사랑하지 않는가?"

그러던 중학교 2학년, 처음으로 그 가치에 질문을 던지게 되었다. 그런데 이 질문에 답하는 건 너무 어려웠다. 분명 어른들이 공부만 잘하면 된댔는데, 그래서 하라는 대로 했을 뿐인데 뭐가 잘못된 거지? 그들이 나를 속이기라도 했던 건가? 알 수 없었다. 그러니 내가 뭘 해야 할지도 알 수가 없었다.

그래서 어려운 문제는 두고 쉬운 문제 먼저 풀기로 했다. 일단 공부 먼저 하기로 했다. 사회적 지위 때문에 누군가를 사랑하는 게 진짜 사랑이라고 할 수 있는지는 잘 모르겠지만 일단 어른들이 그렇다고 하니까, 고민한다고 답이 나오는 게 아니니까 일단 내가 공부를 해서 대학에 가기로 했다. 그러면 너 역시 날 사랑하게 될 거라고 믿기로 했다.

그래서 아무렇지 않았다. 놀랍지도, 슬프지도, 화가 나지도 않았다. 그저 그럼 그렇지, 하는 생각만 할 뿐이었다.

공허

어쨌거나 나는 원했던 대학에 들어갔다. 20살 대한민국 청소년이 얻을 수 있는 가장 큰 트로피인 명문대생 타이틀을 손에 쥐게 되었다. 친구들은 날 만날 때마다 명문대 생활은 어떠냐고 물었고, 친척 어른들은 우리 부모님을 부러워했다. 부모님은 지금도 우리 현민이가 연세대에 들어갔을 때는 세상 다 가진 것 같았다, 그때처럼만 살았으면 지금쯤 훨씬 잘 되었을 텐데, 하며 그때를 그리워하신다.

부모님께는 죄송한 말이지만 이 시기에 나는 불행했

다. 살아온 어떤 날보다도. 다시 그때로 돌아가게 해준다고 해도 돌아가지 않을 정도로.

그 순간들로부터 의미를 발견하지 못했기 때문이다. 군대에서 말년 병장들은 무소불위의 권력을 누린다. 빨래도, 청소도, 훈련도, 작업도 모두 후임들의 몫이다. 간부들도 여간해서는 건들지 않는다. 그들이 하는 일이라고는 놀고먹는 것뿐이다. 그래서 군 생활이 까마득하게 남은 일, 이등병들은 그들을 부러워한다. 하지만 정작 그들의 모습을 보면 하나도 행복해 보이지 않는다. 썩은 동태 같은 눈빛으로 5분에 한번 꼴로 시계를 보며 권태로운 하루를 보낸다.

재벌 3세나 유명 연예인은 자본주의 사회에서 권력의 정점에 서 있는 사람들이다. 외제차나 명품 가방을 마음껏 살 수 있고, 언제든 호화로운 세계 여행을 떠날 수 있고, 원한다면 사람의 마음까지 원하는 대로 좌지우지할 수 있다. 그래서 사람들은 그들처럼 되고 싶어한다. 그래서 로또를 사고, 주식 투자를 한다. 그런데 정작 그들의 모습은 그렇게 행복해 보이지 않는다. 돈, 권력, 인기, 명예. 남들이 부러워할 모든 것을 갖고서도 공허와 고독감을 이기지 못해 도박이나 마약, 섹스 중독에 빠지고, 자살로 생을 마감하기까지 한다.

사람은 의미를 먹고 사는 존재이기 때문이다. 동물은 의미를 묻지 않는다. 그저 배불리 먹고 잘 자면 그만이다. 나는 왜 사는 것인지, 이 길의 끝에 무엇이 있는지 따위를 궁금해하지 않는다.

하지만 사람은 다르다. 사람에겐 의미가 필요하다. 어제보다 오늘이, 오늘보다 내일이 나을 거라는 기대가 필요하다. 내일 사랑하는 이와 데이트를 하기로 했다면, 가고 싶었던 여행지에 가기로 했다면, 그리운 이를 오랜만에 만나기로 했다면 어떻게 잠을 이룰 수 있을까? 어떻게 아침이 기다려지지 않을 수 있을까? 인간을 살아가게 하는 건 그것이다. 많은 아버지들이 직장에서의 고된 노동을 견뎌내고 있는 건 이 지루한 반복을 통해 아내와 아이들에게 더 나은 삶을 선사해 줄 수 있을 거라는 기대가 있기 때문이고, 독립운동가들이 일제의 가혹한 탄압을 견뎌낼 수 있었던 건 언젠가 조선이 독립할 거라는 기대가 있었기 때문이며, 수많은 인디 예술가들이 배고픈 무명 시절을 견뎌내고 있는 건 언젠가 세상에 자기의 예술 세계를 펼칠 수 있을 거라는 기대가 있기 때문이다.

20살 이전까지 나에게는 세상에서 디폴트값으로 입력해 준 의미가 있었다. 중간고사와 기말고사라는 의미가 있었고, 그게 쌓여서 만들어지는 내신과 수능이라는 의미가 있었고, 그걸 통해 이룰 수 있는 명문대 진학이라는 의미가 있었다. 그리고 그 목표를 이루고 나면 그동안 유예해 왔던 모든 기쁨들을 일시불로 보상받을 수 있을 거라는 기대가 있었다. 단기, 중기, 장기 목표가 다 짜여 있었다. 그러니까 그저 따라가면 되었다. 의미의 공허를 느낄 틈이 없었다. 20살까지 나는 늘 의미로 충만한 삶을 살았다. 그래서 지루한 수험 생활을 견뎌내고 원했던 결과를 얻을 수 있었다.

그런데 그게 없어졌다. 학교에서 짜 준 시간표가 아니라 내가 원하는 수업을 골라서 시간표를 짜야 했고, 학교에서 배정해 준 반 친구들이 아니라 내가 선택한 동아리, 내가 선택한 수업에서 만난 친구들과 지내야 했다. 대학만 잘 가면 평생 아무 걱정 없이 편하게 살 수 있다고 했던 어른들이 갑자기 "너는 이제 뭐 할 거니?"라고 묻기 시작했다. 이제 나 스스로 의미를 발견해 내야 했다. 어떤 수업을 들을지, 누구와 관계를 맺을지, 그리고 이런 것들을 통해 어떤 인간이 되고 어떤 삶을 살 것인지를 결정해야 했다.

그래서 나는 대학 생활이 즐겁지 않았다. 자유에는 책임이 따른다. 그 무거운 책임을 감당해낼 자신이 있는 이에게 대학은 최고의 공간이다. 삶에서 유일하게 의무가 없는 시기이다. 대학에 들어오기 전까지는 입시 공부를 해야 하고, 대학을 졸업한 이후에는 돈을 벌어야 하지만 대학에 다니는 동안에는 아무것도 안 해도 된다. 일주일에 수업은 18시간. 초등학생보다도 적다. 그 공백을 자기가 원하는 것들로 채울 수 있다. 여행을 다녀도 되고, 연애를 해도 되고, 자기가 전문성을 쌓고 싶은 분야가 있다면 밑바닥부터 도전해 볼 수도 있다. 심지어 군대도 미룰 수 있다. 대학생이라고 하면 국가도 한 수 접어준다.

하지만 나는 책임을 질 준비가 되어있지 않았다. 더 넓은 세상을 경험해 보고 싶었지만 힘들게 과외해서 모은 돈을 해외여행에 털어 넣을 용기가 없었고, 사랑을 하고 싶었지만 상처받고 망신당할 걸 감수해가면서 누군가에게 마음을 표현할 용기가 없었으며, 부모님 통제 없이 자유롭게 살고 싶었지만 부모님이 제공해 주는 아늑한 잠자리와 따뜻한 밥, 그리고 용돈을 포기할 용기는 없었다.

그렇다고 고등학생 때처럼 주어진 루틴에 따라 빡세게 살지도 못했다. 사회로부터 주입받은 명문대 진학이라는 미션을 성공적으로 완수했지만 내가 원했던 사랑을 얻지는 못했기 때문에 그다음 단계 미션인 취업에 모든 것을 걸지 못했다. 또 모든 걸 걸었다가 또 배신당할까 두려웠다. 다양한 것들을 경험하고 도전해 볼 용기가 없었다면 차라리 스무 살 때부터 고시반 들어가서 공무원 시험 준비라도 빡세게 했어야 했는데 그렇게도 못했다.

결국 나는 이도 저도 아닌 대학 생활을 보냈다. 대학 이전까지 추구해온 입시와 성공이라는 의미를 대체할 새로운 의미를 발견해 내지도 못했고, 그렇다고 어른들이 내게 부여해 준 그 의미를 계속 밀고 나가지도 못했다. 나는 그 시기로부터 아무런 의미도 발견해 내지 못했다. 그래서 불행했다.

도끼

그리고 몇 년 뒤, 군대를 다녀오고 첫 소개팅을 하는 날이었다. 약속했던 카페에 조금 일찍 도착해서 자리를 잡고 먼저 앉아 있는데, 선반에 꽂혀 있던 책 한 권이 눈에 띄었다. 제목은 [책은 도끼다]. "뭐 이런 책이 다 있어?" 하면서 책을 펼쳐 보았다. 약속 장소에 도착한 그녀가 나를 독서를 취미로 하는 지적인 남자로 봐주길 기대하면서.

> 엄마, 내가 파리를 잡을라 항께 파리가 잘못했다고 빌고 있어.
>
> [파리]

안타깝게도 그 소개팅은 망했다. 하지만 그날 읽었던 이 책, 정확히 말하면 이 책에 실려 있던 어느 초등학생의 한 줄짜리 시는 이후의 내 삶을 송두리째 바꿔 놓게 되었다.

나는 매 순간을 열심히 살아왔다. 선생님과 부모님, 사회의 가이드라인에 충실히 따랐고, 좋은 성과를 냈다. 그 대가로 명문대생이라는 타이틀을 얻었다.

그런데 아이러니하게도 내게 남은 건 없었다. 나는 하고 싶은 공부가 있어서, 그 공부를 통해 이루고픈 목표가 있어서 이곳에 온 게 아니었다. 이곳에 오는 것 자체가 목적이었다. 좋은 대학에 들어가면 더 이상 노력하지 않아도 된다고 하니까 여기 온 것뿐이었다. 그래서 분노했다. 앞으로 뭘 하고 싶냐고? 뭘 하고 싶긴 뭘 하고 싶어? 여기 오면 끝이라며? 아무것도 안 해도 된다며?

그래서 삶의 다음 단계로 나아갈 엄두가 나지 않았다. 취업만 하면 된다고? 그럼 취업한 다음에는 결혼만 하면 된다고 하겠지? 결혼한 다음에는 집만 사면 된다고 하겠지? 집 사고 나면 자식들 대학만 보내면 된다고 하겠지? 그렇게 평생 한순간도 내가 원하는 대로 살아보지 못하고 낚싯대에 매달린 당근을 쫓는 당나귀처럼 사회가 시키는 것만 하다가 죽겠지?

결국 나는 어느 쪽으로도 향하지 못했다. 나는 어른들이 알려준 답을 계속 믿고 따를 만큼 순진하지도, 그렇다고 현실과 부딪히고 깨지면서 나만의 답을 찾아갈 만큼 용감하지도 못했다. 그래서 내 대학시절은 무의미했고, 또 불행했다.

이 시는 그에 대한 해답이었다. 나는 내 학창 시절이 불행했다고 생각했다. 그래서 대학에 가서는 그동안 유예해 온 행복을 일시불로 받아야 한다고 생각했다. 하지만 그게 아니었다. 행복은 매 순간 있었다. 점심시간에 친구들과 운동장에서 축구를 할 때도 행복했고, 수업을 마치고 PC방에 가서 스타크래프트를 할 때도 행복했고, 친구들과 삼삼오오 모여 음담패설을 주고받았을 때도 행복했고, 네가 나에게 처음으로 먼저 말을 걸어 주었을 때도 행복했다. 하지만 그땐 그게 행복인 줄 몰랐다. 좋은 성적을 받고 명문대에 가는 것만이 행복인 줄 알았다. 친구들과 어울리며 추억을 쌓고, 누군가에게 순수한 마음을 전하는 일 같은 건 모두 쓸데없는 일로만 여겼다. 눈앞에 있는 결승선만 바라보고 전력질주하느라 발밑에 피어난 새싹 하나, 돌부리 하나의 아름다움을 보지 못했다.

하지만 저 어린 시인은 달랐다. 순간을 소중히 여겼다. 파리 한 마리마저 불쌍히 여길 줄 아는 마음으로 세상을 바라보았다. 그런 눈으로 세상을 본다면 그 어떤 순간이 소중하지 않겠는가. 그 어떤 순간으로부터 행복을 발견하지 못하겠는가.

그때부터 책을 읽고 글을 쓰기 시작했다. 우리들은 하루 중 대부분의 시간을 생업에 쓴다. 어른들은 먹고살기 위해 일을 하고, 학생들은 훗날 더 편하게 먹고살 방법을 찾기 위해 공부를 한다. 순간을 음미하고 행복을 느끼기에 그들은 너무 바쁘다. 그래서 삶은 공허하다. 학창 시절엔 공부를 하고, 어른이 되면 일을 하고, 부모가 되면 자식들 뒷바라지를 하지만 정작 그것들을 왜 한 건지, 그게 자기 삶에 어떤 의미가 있었던 건지를 모른다. 이전까지의 나처럼.

그런데 가끔 교과서를 외우거나 엑셀 파일을 들여다보는 일 말고, 삶과 세상을 바라보는 일에 시간과 정력을 쓰는 별종들이 있다. 오랫동안 바라보다 보니 그들은 자연히 보통 사람들의 눈에는 보이지 않는 것들을, 보통 사람들과 다른 관점으로 보게 되었다. 그 별종들은 그들의 독특한 생각과 관점을 모아 책이라는 걸 만들었다.

그렇기 때문에 행복해지려면 책을 읽어야 한다. 파리 한 마리도 불쌍히 여길 줄 아는 어린아이의 시각을 배워야 한다. 그들이 발견해 낸 의미의 정수를 흡수해야 한다. 그리고 나 스스로 의미를 발견해 내야 한다. 그러다 보면, 그렇게 매 순간을 소중히 여기다 보면 언젠가 원했던 행복을 얻을 수 있을 것이다.

그건 내 삶의 새로운 의미가 되었다. 학창 시절에 명문대 졸업장이 날 구원할 수 있을 거라 여겼듯, 이번에는 책과 글이 날 구원할 수 있을 거라 믿기로 했다. 그래서 열심히 책을 읽고 글을 썼다. 단편 영화 제작도 해봤고, 언론사 시험 준비도 했고, 논술 강의도 해봤다. 많은 것들을 했지만 핵심은 생각이었다. 세상을 자기만의 관점으로 바라본 사람들의 생각을 흡수하고, 나만의 생각의 패턴을 만들어가려 했다.

나는 과거의 나와 다른 인간이 되었다. 부모님이, 선생님들이, 세상이 시키는 대로만 살아오던 나는 이제 나만의 관점으로 세상을 보고, 그 안에서 내가 어떤 인간으로 성장해 나갈지에 대해 생각하게 되었다.

오산

하지만 내가 미처 생각하지 못했던 게 있다. 세상은 의미를 추구하는 인간을 원하지 않는다는 것이다.

큰 성공을 거두려면 분명 인문학적 통찰력이 있어야 한다. 전쟁을 승리로 이끌기 위해서는 적장의 심리를 파악해서 역이용해야 하고, 기업인으로서 성공하기 위해서는 소비자의 근원적 욕망을 자극할 수 있어야 한다. 결국 모든 것은 사람을 상대로 하는 일이기에 사람을 이해하지 않고서 성공을 거두는 건 불가능하다. 몇 년 전 출판과 강연계에 인문학 열풍이 불었던 건 그런 이유일 것이다.

그래서 난 내가 성공할 줄 알았다. 이력서를 쓰는 족족 합격하고, 대기업에서 나를 모셔 가려고 안달이 날 줄 알았다. 왜 살아야 하는지, 왜 일을 해야 하는지, 어떤 인간이 되어야 하는지를 한 번도 생각해 보지 않은, 마치 20살까지의 나 같은 녀석들에게 내가 질 거라고는 상상도 못했다.

하지만 문제는 세상이 우리에게 바라는 역할은 전쟁을 승리로 이끄는 총사령관이나, 혁신적인 서비스로 세상을 바꾸는 기업인이 아니라 그들의 명령에 따라 움직이는 장기판의 졸개일 뿐이라는 것이다. 리더에겐 분명 인문학적 통찰력이 필요하다. 인간이 뭘 원하는지를 알아야 소비자의 욕망을 자극할 수 있고, 병사들의 사기를 끌어올릴 수 있고, 적의 의표를 찌를 수 있다. 그러니 그들은 의미를 추구해야 한다. 답이 없는 문제들을 고민해야 한다. 하지만 팔로워들은 그럴 필요가 없다. 리더가 머리라면 팔로워는 손발이다. 리더의 명령을 현실에 구현해 내는 게 팔로워의 역할이다. 그러니까 그들에게 필요한 건 머리로서의 생각이 아니라 손의 꼼꼼함과 민첩함, 그리고 발의 근력과 튼튼함이다. 생각은 오히려 마이너스다.

손발이 의지를 갖고 자기 마음대로 움직이려 한다면 머리 입장에서 얼마나 곤란하겠는가?

그런 의미에서 본다면 과거의 내가 오히려 더 훌륭한 인간이었다. 학창 시절 나는 모범생이었다. 어른들의 말에 잘 따랐고, 시험에서 높은 점수를 받아왔다. 그건 분명 내가 바라던 행복은 아니었다. 나는 교과서에 쓰여 있는 단편적인 지식들을 외울 때보다 책을 읽고 글을 쓸 때 더 행복했다.

그런데 다시 생각해 보자. 왜 부모님은, 선생님들은, 그리고 세상은 나를 행복하게 하지 못하는 공부를 하라고 했을까? 학교란 사회화 기관이고, 사회화란 사회에서 필요로 하는 인간들을 만들어 내는 과정이다. 즉, 학교에서 시키는 걸 잘 하면 사회에서도 어느 정도 잘 적응할 수 있을 거라는 말이다.

그래서 회사 생활과 학교 공부는 닮았다. 사람들은 명문대에 다니는 학생들은 보통 학생들보다 특출나게 머리가 좋을 거라 생각한다. 하지만 그렇지 않다. 그들은 초, 중, 고등학교 때 내 옆자리에 앉아있던 아이들과 하나도 다르지 않다. 축구나 게임을 좋아하는 것도, 여자 얘기하는 걸 좋아하는 것도, 술이 들어가면 정신이 풀어지는 것도, 다 똑같다.

그런데 그들은 어떻게 명문대에 갔을까? 버텼기 때문이다. 학교에서 가르치는 지식은 일반적인 것들이다. 우주의 본질이나 신의 존재, 생의 의미 같은 것들을 밝혀내라는 게 아니다. 그냥 외우려면 외울 수 있는 것들이다. 그러니까 학교 공부는 엉덩이 싸움이다. 오래 앉아 있으면 어떻게든 된다. 회사 생활도 마찬가지다. 회사가 직원에게 요구하는 건 라이트 형제처럼 하늘을 날 수 있는 기계를 만들어 내라거나, 세종대왕처럼 문자를 만들어 내라는 게 아니다. 일반적인 지능을 가진 사람이라면 할 수 있을 법한 수준의 일을 시킨다. 그러니까 오래 다니는 게 중요하다. 개개인의 센스와 일머리에 따라 조금 빨리 배우는 사람도 있고 더디게 배우는 사람도 있지만 회사 일이라는 건 어느 정도 하다 보면 다들 익숙해진다. “반복에

지치지 않는 자가 성취한다."라는 미생의 대사처럼 회사 생활과 학교 공부는 결국 버티는 놈이 이긴다.

그리고 버티는 걸 잘하려면 너무 생각이 많으면 안 된다. 직장 상사에게 인격적 모독을 들어도 너무 담아 두면 안 되고, 이 일이 내 인생의 장기적 비전과 별 연관이 없다고 하더라도 신경 쓰지 말아야 한다. 그냥 월급 나오면 동료들이랑 술 한잔하고, 사고 싶은 옷 한 벌 사고 다 잊어버려야 한다. 중간고사 끝나고 친구들이랑 피시방 가서 하루 놀고 또 기말고사 공부 시작하는 고등학생들처럼 말이다. 교과서에 나오는 이 단편적 지식들이 내 인생에 무슨 쓸모가 있는지 고민하는 녀석들이 학교 공부를 잘할 리가 없듯, 직장 생활이 내 삶에 어떤 의미가 있는지 따위를 고민하는 인간들이 회사 생활을 잘할 리가 없다.

그래서 그때 이후 인생이 잘 안 풀리기 시작했다. 이력서를 넣는 족족 떨어졌고, 어쩌다 서류 합격을 해도 면접에서 떨어졌다. 아직 일할 준비가 되어있지 않은 사람 같다는 말도 들었고, 옳고 그르고를 떠나서 남들과는 조금 다른 사람인 것 같다는 말을 듣기도 했다. 그땐 그게 무슨 말인지 잘 이해하지 못했는데, 사회생활 짬밥이 어느 정도 차 보니 이제 좀 알 것 같다. 그때의 나 같은 녀석을 만난다면 나라도 그렇게 말해줄 것이다.

운명

어찌저찌 회사에 들어가게 되었다. 그곳에서 또 다른 누군가를 만났고, 좋아하게 되었다. 너도 내가 좋다고 해서 연애를 시작했다.

운명이라고 느꼈다. 이전까지의 연애는 모두 소개팅으로 시작했다. 물론 소개팅도 서로의 호감이 전제되어야 하는 건 마찬가지지만 소개팅은 일상에서의 만남과는 좀 다르다. 소개팅은 사귀냐, 안 사귀냐의 선택지밖에 없다. 그러니 꼭 100점일 필요가 없다. 커트라인만 넘으면 된다. 꼭 이 사람을 엄청나게 좋아하지는 않더라도, 지금 당장 만날 사람이 없다면, 당분간도 없을 것 같다면, 혹은 있더라도 지금 이 사람보다 별로라면 사귀면 된다. 이 정도면 되겠다 싶으면 시작한다. 하지만 일상생활에서 누군가를 좋아하게 되는 건 다르다. 가능성을 고려하지 않는다. 내 마음을 받아줄 것 같은 상대가 아니라, 현실적으로 내가 만날 수 있는 그나마 나은 상대가 아니라 그냥 순전히 내 마음이 가는 상대를 좋아하게 된다.

그런 사람이 날 좋아한다고 했다. 특별히 너의 마음을 얻기 위한 유혹의 기술(물론 그런 게 있지도 않지만)을 쓰지도 않았고, 평소 하던 대로 어리숙하고 찌질하게 행동했는데 그런 내 모습이 좋다고 했다. 그래서 운명이라고 느꼈다. 닮은 점은 과장했고, 다른 점은 대수롭지 않게 생각했다. 아직 서로에 대해 많은 것들을 알지 못하지만 서로 안 맞는 점을 발견하더라도 얼마든지 이해하고 맞춰 나갈 수 있을 거라고 생각했다. 내가 그랬기 때문에 너도 그럴 줄 알았다.

하지만 그건 실수였다. 서로에 대해 좋은 모습만 보여줘도 부족할 연애 초반, 나는 내가 품고 있던 어둡고 부정적인 생각들을 마구마구 쏟아 냈다. 내가 얼마나 생각이 깊고 똑똑하고 남들과 다른 사람인지, 이런 나를 알아보지 못하는 세상 사람들은 얼마나 속물적이고 멍청한지, 그런 이야기들을 늘어놓았다. 객관적인 입장에서 현실적인 조언을 하려고 하면 나에 대한 비난인 양 방어적으로 받아들였다. 운명이(라고 내 멋대로 단정지어 버렸으)니까 너는 내 모든 걸 이해하고 받아 줘야 한다고 생각했다.

결국 두어 달 뒤 헤어졌다. 전화로 이별을 통보받았다. 내가 너를 좋아하는 만큼 너는 나를 좋아하지 않는 것 같다고 했다. 너의 마음을 돌리기 위해 횡설수설했지만 아무 소용이 없었다. 이후로 나는 다시는 너를 만나지도, 너에게 연락이 닿지도 못했다.

그때부터 지옥이 시작되었다. 네가 나를 사랑하지 않는 건 진작에 알았다. 무미건조한 말투, 지루해 보이는 표정, 나날이 늦어지는 답장. 그런 것들을 보면 알 수 있었다. 하지만 내가 알고 싶었던 건 그게 아니었다. 왜 나를 사랑하지 않는지, 내가 뭘 하면 (애초에 한순간이라도 나를 사랑하긴 했던 건지조차 잘 모르겠지만) 다시 나를 사랑하게 될지였다.

하지만 나는 그 답을 듣지 못했다. 어쩌면 너도 몰랐을 수도 있다. 사람이 사람을 사랑하는데 이유가 없듯, 사랑하지 않는 데에도 이유가 없다.

그렇지만 내겐 그 답이 필요했다. 네가 날 사랑하지 않는 이유가 뭔지 알아야 그걸 고칠 수 있고, 그래야 다시 잡을 수 있을 거라고 생각했기 때문이다. 그런데 답을 말해주지 않으니 방법은 하나뿐이었다. 나의 모든 것들을 부정하는 수밖에. 나의 모든 것들을 부정하다 보면, 아예 다시 태어나 버린다면 그중에 네가 나를 사랑하지 않았던 이유도 있겠지.

그래서 나는 끝없는 자기부정의 늪에 빠져들었다.

광신

다니던 회사를 그만두었다. 인턴 기간만 넘기고 정직원 전환을 포기했다. 그리고 논술학원 강사로 일하게 되었다. 글을 읽고, 생각하고, 그 생각을 말이나 글로 표현하는 것. 그 과정에서 의미를 찾아내는 것이 내가 가장 좋아하는 것이었기 때문에 언제까지고 최선을 다할 수 있을 거라 생각했고, 그러다 보면 언젠가 최고가 될 거라고 생각했다. 그래서 이 일을 하게 되었다.

하지만 강사 생활은 생각했던 것과는 달랐다. 고등학생 시절 수능 시험을 마치고 논술 시험을 보기 위해 두어 달 정도 논술 학원에 다녔던 적이 있다. 그때 논술 강사는 마치 세상의 이면을 꿰뚫고 있는 현자처럼 보였다. 교과서에 나오는 단편적인 지식들만 달달 외우면 훌륭한 사람이 되고, 성공하고, 행복하게 살 수 있을 줄 알았던 내게 논술 선생님은 너희들이 받아 온 건 인간 개개인의 잠재성을 키우기 위한 '교육'이 아니라 사회에 알맞은 부품을 양산해 내기 위한 '훈육'일 뿐이라고 말했다. 소름이 돋았다. 그리고 나는 그의 팬이 되었다. 영화 [매트릭스]에서 모피어스가 네오에게 그랬듯, 그가 나에게 그럴싸한 허울 뒤에 숨겨진 이 세상의 진실을 알려줄 것만 같았다.

하지만 강사 생활을 몇 달 해보니 그게 아니라는 걸 알게 되었다. 세상에 어떤 것도 완벽히 옳지는 않다. 민주정치의 이면에는 중우정치와 포퓰리즘이 있고, 이성적인 소수에 의한 철인정치는 독재로 변질될 수 있다. 성장만 추구하다 보면 빈부격차가 발생하고, 평등만을 추구하다 보면 기업가 정신이 상실되어 사회의 역동성이 떨어진다. 그런데 강사는 그렇게 말하면 안 된다. 답을 제시해야 한다. 내가 말하는 게 정말 정답인지, 심지어는 내가 직접 논술 시험을 치면 합격할 수 있을지조차 확신하지 못하면서 나는 학생들 앞에서 세상 모든 이치를 꿰뚫은 현자인 척을 해야 했고, 학생들은 남들 다 하는 회사 생활 따위도 제대로 적응하지 못하고 때려치운 패배자가 하는 말을 받아 적었다. 고등학생 시절 동경했던 그 논술 강사가 내게 건네준 건 세상의 진실을 보여줄 빨간 알약이 아니었다. 세상의 진실을 깨달은 것만 같은 달콤한 꿈에 취하게 해줄 파란 알약이었다.

물론 현실적인 문제들도 있었다. 고등학생 때 다녔던 논술 학원은 수업료가 매우 비쌌다. 그러니까 내가 논술 강사가 되면 돈을 많이 벌 줄 알았다. 하지만 논술 학원은 일반 학원과 다르다. 국영수 수업은 일방향적이다. 강의만 하면 된다. 가끔 질문을 하는 학생도 있지만 많지는 않고, 인터넷 질문 게시판을 활용할 수도 있다. 그러니 대규모 수업이 가능하다. 100명이건, 200명이건 상관없다. 인터넷 강의를 찍는다면 1만 명, 10만 명도 가능하다. 그러니 단가가 싸더라도 실제로 벌어들이는 돈은 많다. 하지만 논술 강의는 첨삭을 해줘야 한다. 수업료가 비싼 대신 한 번에 10명을 소화하기도 힘들다. 초보 강사였던 나는

1~2명을 놓고 수업을 하는 일도 부지기수였다.

부모님과의 관계도 문제였다. 학원 강사는 정규직이 아니다. 성공해서 일타강사가 된다면야 엄청난 돈을 벌겠지만 이름을 알리지 못한 대부분의 강사들은 그냥 묻혀버린다. 그리고 일반 회사원들과는 생활 패턴이 다르다. 평일 오전에 쉬고, 학생들이 학교 수업을 마친 오후, 그리고 수업이 없는 주말에 일한다. 아들이 좋은 대학을 나와서 대기업 사무직으로 일하길 바랐던 부모님이 보기에 논술 학원 강사가 제대로 된 직업처럼 보일 리가 없다.

그래서 불행해졌다. 공부라는, 세상이 나에게 부여한 역할만 충실하게 수행해왔기 때문에, 그런 삶에 만족하지 못했기 때문에, 그 반대의 삶을 살면 마냥 좋기만 할 줄 알았다. 나 하고 싶은 것만 하면 행복할 줄 알았다. 하지만 그렇지 않았다. 주변 사람들과 다른 삶을 살아가고 있다는 불안감, 부모님의 한숨과 걱정 어린 시선. 그런 것들을 감당해 내는 건 쉬운 일이 아니었다. 부모님과 선생님의 칭찬을 받고 친구들의 부러움을 사는 삶. 너무나 당연하게 누려온 것이었기에 그게 소중한지도 몰랐다.

하지만 쉽게 그만두지 못했다. 그 이유는 우습게도 너였다. 언젠가 강남역 근처 카페에서 너와 꿈에 대한 이야기를 했던 적이 있었다. 너는 패션에 관심이 있었다고 했다. 그 분야에서 이색 경력을 쌓기 위해 동대문 새벽 시장에서 아르바이트를 해본 적도 있다고 했다.

나는 글 쓰는 일에 관심이 있다고 했다. 하지만 집안의 반대가 심해서 그냥 회사 생활을 하는 수밖에 없다고 했다. 그러자 너는 결국 나는 현실로부터 도피한 게 아니냐고 했다. 당장 회사 생활을 때려치우고 글쓰기에 모든 걸 걸지는 못하더라도 지금의 위치에서 조금씩이라도 시간과 노력을 들여서 도전해 볼 수 있는 길이 있을 텐데 그럴 용기와 근성이 없어서 부모님 핑계를 대고 있을 뿐이지 않냐는 것이었다.

부끄러웠다. 언젠가 다시 마주쳤을 때 그 꼴사나운 모습을 다시는 보이고 싶지 않았다. 그래서 나는 어떻게 해서든 내 방식대로, 내가 좋아하는 이 일로 성공해야만 했다. 어떤 난관에 부딪히더라도, 설령 이 길이 내가 생각했던 길이 아니더라도 포기해선 안 되었다. 포기하고 현실에 맞춰 살아가는 것보다는 차라리 패배자가 되는 게 더 떳떳할 거라고 생각했다.

생각해 보면 우스운 일이다. 그 일이 있고 6년이 흘렀지만 나는 한 번도 너를 만나지 못했다. 앞으로 또 한 번의 6년이 흘러도, 60년이 흘러도 아마 그럴 일은 없을 것이다. 내가 논술 강사로 성공하건, 아니면 그냥 현실에 순응하고 회사 생활을 하건 너는 아무 관심도 없을 것이다. 그러니 나 역시 네 신경을 쓸 필요가 없다.

말하자면, 너는 내게 종교였다. 신을 실제로 본 사람은 없다. 신의 머리카락 한 올이나 발톱 쪼가리조차 본 사람이 없다. 하지만 사람들은 신을 믿는다. 신이 어딘가에서 그들을 지켜보다가 그들이 선행을 하면 복을, 악행을 저지르면 벌을 내릴 거라 믿는다.

그런 바보 같은 짓을 하는 건, 삶이 너무나 불안하고 힘겹기 때문일 것이다. 부모님이나 선생님들은 우리에게 선한 행동을 하라고 한다. 그러면 뭐든 잘될 거라고 한다. 하지만 실제로 우리가 살아가는 세상의 모습은 그렇지 않다. 선한 사람들이 패배하고 악한 사람들이 승리하는 모습을 너무나 자주 보게 된다. 그런 걸 볼 때마다 인간의 마음은 흔들린다. 정말 선이 승리하는 건지, 아니, 애초에 내가 추구하는 게 선이 맞기나 한 건지. 사람들이 신을 만든 건 그래서일 것이다. 보이지 않는 누군가가 우리를 굽어보고 있다는 망상이라도 하지 않으면 도무지 이 혼란스러운 세상에서 멘탈을 잡을 길이 없었을 것이다.

나도 그랬다. 혼란스럽고 힘든 시기였다. 10대까지 추구해왔던 공부, 그리고 그 연장선상에 있는 성공이라는 가치를 부정하고 새로운 가치를 추구했으나 결국에는 막다른 길에 가로막혔다. 그래서 무엇 하나라도 의지할 게 필요했다. 그게 너였다. 앞으로 평생 볼 일 없는 누군가가 나를 지켜보고 있다는, 언젠가 만날 수 있을 거라는 망상이라도 해야 그 혼란스러운 시기를 견딜 수 있었다.

페미

그 무렵 강남역 살인 사건이 터졌다. 강남역 근처에 있는 한 노래방 화장실에서 조현병에 걸린 남자가 20대 여자를 흉기로 살해한 사건이다. 이 사건이 알려지면서 페미니스트들 역시 관심을 갖게 되었고, 이 사건은 한 미치광이에 의해 우연히 발생한 사고에서 여성 혐오 살인 사건으로 확대되었다. 그리고 이들은 강남역에 모여 "여자라서 죽었다.", "남자라서 살아남았다.", "남성은 잠재적 성범죄자다."라는 슬로건을 내걸고 시위를 하기 시작했다.

그전까지 내가 갖고 있던 페미니스트의 이미지는 '남자들에게 사랑받지 못한 열등감과 질투심으로 똘똘 뭉친 뚱

뚱하고 못생긴 여자들'이었다. 남자들은 예쁜 여자를 위해서라면 뭐든지 할 준비가 되어있는 족속들이다. 밥값도 내줄 수 있고, 명품 가방도 선물해 줄 수 있고, (능력만 된다면) 집이나 차를 사줄 수도 있다. 예쁜 여자의 권익은 남자들이 알아서 지켜준다. 그런데 저들은 여성의 권익을 위해 싸우겠다고 한다. 그렇다면 저들은 누구겠는가? 당연히 남자라는 그늘 아래에서 안락함을 누려보지 못한 못생기고 뚱뚱한 여자들이겠지.

하지만 책이나 기사들을 찾아보면서 알게 된 페미니즘의 진짜 의미는 내가 알던 것과는 조금 달랐다. 페미니즘은 남성의 몫을 일방적으로 떼어서 여성에게 나눠줘야 한다는 사상이 아니었다. 개개인의 특성과 상관없이 천편일률적으로 주입되는 남성성과 여성성을 해체함으로써 남자답게 혹은 여자답게가 아니라 자기답게 살아갈 수 있는 세상을 만들자는 것이었다.

가령 많은 여성들은 결혼 이후 출산과 육아의 부담으로 인해 경력이 단절된 채 누군가의 어머니 혹은 아내로서 살아가고 있다. 이건 개인의 입장에서 크나큰 불행이며 여성의 잠재력을 활용할 수 없다는 점에서 사회적으로도 낭비다. 한편 남성들은 여성에게 선택받기 위해 돈을 더 많이 벌고 사회적으로 성공해야 한다는 부담감을 갖고 있다. 그래서 남자들은 여자들보다 회식 자리에 더 늦게까지 남아있고, 더 힘들고 위험한 일들을 더 오래 한다. 그러다 건강을 해치고 심지어는 산업재해로 죽기까지 한다. 그래서 남녀는 서로 핏대 세우며 싸운다. 내가 더 불행하다고, 내가 피해자라고, 저들이 가진 기득권을 뺏어서 나한테 줘야 더 정의롭고 평등한 사회가 된다고.

그런데 이와 같은 남성과 여성의 고민은 별개의 것이 아니다. 서로 동전의 양면을 이루고 있다. 여성은 집안일을 하고, 남성은 바깥일을 하는 게 어울린다는 편견 때문에 남성은 돈을 많이 벌어서 가정을 부양해야 하고, 여성은 커리어를 포기하고 내조를 해야 하는 것이다. 그렇다면 그 편견이 사라지면 된다. 여성은 사회생활을 하는 것보다 집안일이 어울린다는 편견이 사라지면 적극적으로 도전해서 남자보다 높은 수준의 사회적 성취를 이루는 여성들이 많아질 것이고, 그러면 남자는 돈을 벌고 성공해야 한다는 편견이 사라지게 될 것이다. 물론 반대도 성립한다. 누가 먼저인지는 중요하지 않다. 결과적으로는 둘 다 행복해질 것이기 때문이다. 남성과 여성은 서로의 적이 아니기 때문이다. 그래서 나는 페미니즘에 관심을 갖게 되었다. 82년생 김지영도 읽었고, 우에노 치즈코의 『여성 혐오를 혐오한다』도 읽었다. 출간 작가로서 데뷔작도 페미니즘에 대한 책이었다. 그들의 생각에 모두 동의했던 건 아니지만 지난 몇 년 간 페미니즘은 나의 주된 관심사 중 하나였다.

그런데 실은, 내가 이 사상에 관심을 가졌던 진짜 이유는 내가 진짜 남자가 아니었기 때문이다. 앞서 나는 사회로부터 주어지는 전통적 성 역할 고정 관념을 타파함으로써 남성과 여성 모두가 행복해질 수 있다고 했다. 하지만 여기서 말하는 '남성과 여성 모두'라는 게 '모든 남성과 모든 여성'을 의미하지는 않는다. 전통적 성 역할 고정 관념으로 인해 고통받는, 즉 그 역할을 제대로 수행하지 못하는 덜떨어진 남성과 여성을 의미한다. 예쁘고 사랑스럽고 애교 많고 조신하고 순종적인 성향을 가진 여자라면, 돈 많고, 키 크고, 몸 좋고, 도전정신과 공격성을 갖춘 남자라면 오히려 전통적 성 역할 고정 관념이 있어서 더 행복하다고 느낄 것이다.

나 역시 그렇다. 분명 처음에는 너도 내가 좋다고 했다. 그래서 연애를 시작했을 것이다. 그런데 금방 마음이 변해 버렸다. 그건 아마 네가 내게 기대했던 남자다운 모습을 보여주지 못했기 때문일 것이다. 스스로의 미래에 대해 확신을 갖고 있지 않고, 지나치게 복잡하고 생각이 많으며, 남자답게 여자를 리드하고 확신을 주지 못하는 모습에 실망해 버렸기 때문일 것이다.

그런데 페미니즘은 그런 남성성이 옳지 않다고 했다. 여성도 능동적으로 자기 미래를 개척해 나갈 수 있다고, 마음에 드는 남자에게는 먼저 다가가고, 적극적으로 표현할 수 있다고 했다. 여성을 휘어잡고 리드하는 게 남자의 역할이라고 여기는 건 여성을 남성에게 지배받고 보호받아야 하는 열등한 존재로 여기는 여성 혐오이며, 나아가 여성의 의사를 무시하고 일방적으로 자행되는 성적 접근, 즉 성범죄로까지 이어질 수 있다고 지적했다.

그건 내가 듣고 싶었던 말이었다. 사랑하는 사람이 기댈 수 있는 버팀목이 되어주기보다 오히려 내가 먼저 기대려고 했던, 마음 다치는 게 싫어서 그 사람이 먼저 표현하기 전에는 무엇 하나 먼저 표현하지 않으려 했던 약해빠진 내 모습이 잘못된 게 아니었다는 말을, 내가 더 남자답게, 멋지게 변하지 않아도 된다는 말을, 네가 정신머리가 제대로 박힌 여자라면 내 가치를 알아보고 돌아올 거라는 말을 나는 듣고 싶었다.

그래서 나는 한동안 그 사상에 빠져 있었다. 성 역할 고정 관념이 사라진 세상, 남자 혹은 여자답게가 아니라 자기답게 살 수 있는 세상, 모두가 행복해질 수 있는 세상과 같은 그럴싸한 말들을 늘어놓았지만 사실 나는 남자답지 못한 자신을 인정하기 싫은 거였다. 내가 만약 여성들의 선망을 받는 알파메일이었다면 이따위 사상에는 콧방귀도 뀌지 않았을 것이다.

소외

강남역 11번 출구 앞 배스킨라빈스에서 친구와 아이스크림을 먹고 있었다. 그러다가 너에 대한 이야기가 나왔다. 친구는 걔가 예쁘긴 했다고, 그런 애랑 한 번 자보지도 못하고 헤어진 건 아쉽다고 했다.

그런 얘기하지 말자고 했다. 친구는 갑자기 왜 정색을 하냐고 했다. 나는 그냥 얘기하기 싫으니까 하지 말자고 한 거라고 했고, 친구는 왜 싫냐고, 진짜 사랑했던 것도 아니지 않냐고 반문했다.

나는 뭔가 할 말이 있는 듯 잠시 동안 입술을 움찔거렸다. 하지만 그 말은 입 밖으로 나오지 못했다. 됐다, 관두

자, 하려는 찰나에 목구멍에서 뜨거운 게 올라왔다. 한 번은 꾸역 꾸역 삼켰지만 두 번째엔 삼켜내지 못했다. 고개를 홱 돌려 버렸다. 눈물은 멎지 않았고 나는 배스킨라빈스 스푼 모양을 한 핑크색 플라스틱 탁자에 한참 동안 머리를 파묻고 있었다.

많이 좋아했다, 어쩌면 지금도 그리워하고 있는지도 모르겠다, 그러니 그 사람을 갖고 장난치지 마라.

내가 하고 싶었던 말은 이거였다. 하지만 말하지 못했다. 네가 없는 자리에서도, 10년 넘게 알고 지낸 친구 앞에서도 차마 말할 수가 없었다.

실은 그전에도, 다른 누구에게도 말한 적이 없다. 솔직히 예쁘긴 했다, 못 따먹어서 아쉽다, 나한테 한 번 걸렸으면 못 헤어 나왔을 거다, 전부 내가 했던 말이다. 내가 그렇게 말했으니 친구는 그렇게 알고 있을 수밖에 없다. 친구는 잘못한 게 없다. 말하지 않는데 내 마음을 어떻게 알겠나. 내 마음속에 들어가 볼 수 있는 것도 아닌데.

그 말을 차마 할 수가 없었던 건, 세상의 기준에서 이건 사랑이 아니었기 때문이다. 남자들끼리의 술자리에서 연애 얘기를 하다가 솔직히 섹스 안 한 거면 사귄 거 아니지 않냐는 말이 나올 때, 얼마 만나지도 않았는데 정이 들고 그리워할 거나 있냐는 말을 들을 때, 사귄 게 맞긴 하냐, 너 혼자 착각한 거 아니냐는 말을 들을 때 나는 알았다. 아, 내 사랑은 세상이 공인한 사랑의 기준을 충족하지 못하는구나. 이건 사랑이 아닌 거구나. 너도 마찬가지겠구나. 누군가 연애를 몇 번 했냐고 묻는다면 너는 "음… 제대로 사귄 것만 하면…." 하며 뜸을 들일 테고, 나는 그 제대로 사귄 것에 들어가지 못하겠구나. 너에게 나는 지우고 싶은 과거일 뿐이겠구나. 아직까지 내가 너를 생각하고 있다는 자체가 너에겐 추하고 더럽고 소름 끼치는 일이겠구나.

단념은 더욱 집착을 만들고
단념은 더욱 나를 아프게 하고
어떻게 하죠 너무 늦었는데

세상과 저는 다른 사랑을 하고 있네요.
피할 수 없어 부딪힌 거라고
비킬 수도 없어 받아들인 거라고
하지만 없죠 절 인정할 사람
세상은 제 맘 미친 장난으로만 보겠죠.

– 엠씨더맥스 [사랑의 시]

그랬다. 홍길동이 아버지를 아버지라 부르지 못했다면 나는 사랑을 사랑이라 부르지 못했다. 내 마음이 어떻건 너의 마음속에서 나는 더럽고 음침한 스토커 같은 남자일 뿐이라는 것, 심지어 내 주변에 나를 가장 아끼는 사람들조차 나를 이해해 주지 못할 거라는 사실을 견뎌낼 수가 없었다. 그래서 우는 것밖에는 할 수가 없었다.

절망

절망切望. 끊을 절에 바랄 망. 희망, 즉 상황이 나아질 거라는 기대를 끊어 버린다는 뜻이다. 정말로 그렇다. 모든 게 점점 더 나빠져서 버티고 버티다 결국엔 말라 죽고야 말 거라는 생각이 들 때 사람들은 절망한다. 어느 취준생이 올해에 취업을 하지 못했다면 내년에는 나이가 많아지고 공백기가 길어져서 취업하기가 더 힘들어질 것이다. 그럼 아마 내년에도 안 될 것이고, 내후년에는 나이가 더 많아지고 공백기가 더 길어져서 취업이 더 어려워질 것이다. 그렇게 그는 백수로 말라 죽을 것이다. 어느 직장인이 실적이 안 나오는 부서에 근무하고 있다면 아무리 열심히 일해도 좋은 평가를 받기 어렵다. 그러면 그는 실적이 잘 나오는 부서로 옮길 수 없다. 그러면 내년에도 실적이 안 나오는 부서에서 근무하게 되고, 내년에도 안 좋은 평가를 받게 된다. 그렇게 그는 한직만 전전하다가 말라 죽을 것이다.

때때로 그런 생각이 들었다. 서른 살을 며칠 앞둔 어느 겨울날, 일과를 마치고 사당역에서 집에 가는 버스를 기다리다가 한 연인을 보았다. 입을 맞추고 있었다. 사람들의 시선 따윈 신경 쓰지도 않고 꿀 떨어지는 눈으로 서로를 바라보며 물고 빨고 있었다. 궁금했다. 어떤 감정일까. 저들은 얼마나 서로를 사랑하는 걸까. 정말 저들의 눈엔 우리가 들어오지 않는 걸까. 저 두 사람이 만든 세계는 도대체 얼마나 견고하기에 4번 출구를 지나가는 수백 명의 사람들이 비집고 들어올 틈조차 없는 걸까. 그러다 흠칫했다. 저들은 이제 겨우 스무 살 남짓한, 나보다 한참 어린아이들이었던 것이다.

(당시) 서른 살. 어른이 된 지 10년이 지났다. 그동안 많

은 것들을 겪고, 보거나 듣고, 생각했다. 이만하면 알찬 20대였다. 대단한 성취를 이룬 것은 아니지만 적어도 앞으로 어떤 성취를 이뤄가고 싶은지를 정하긴 했다. 이제 달려나가기만 하면 된다. 꾸준히, 힘차게. 그러니 나는 나의 미래를 낙관한다. 내겐 그 정도의 근성과 재능은 있다. 하지만 연애에 대해서라면 그러지 못했다. 어떻게 하면 능글맞고 유쾌하면서도 진솔하게 내 마음을 표현할 수 있는지, 스킨십을 할 때 어떻게 분위기를 잡아야 하는지 하는 것들을 제대로 배우지 못했다. 서른 살이 되었지만 여자를 대하는 나의 스킬은 아직 스무 살에 머물러 있다. 나는 스무 살만큼 풋풋하고 탱글탱글하지도 않고, 서른 살처럼 중후하고 능숙하지도 않다. 나이는 과장급인데 업무 능력은 신입 사원인 셈이다. 그러니 여자들은 나를 매력적으로 느끼지 않을 것이다. 그러니 연애가 쉽지 않을 것이다.

그러다 보면 서른한 살이 되고 서른두 살이 될 것이다. 여자들이 내게 바라는 남자다움의 기대치는 서른한 살, 두 살로 올라가지만 나는 여전히 스무 살에 머물러 있을 것이다. 11년, 12년, 그 격차는 점점 커질 것이다. 연애는 점점 어려워질 것이다. 결국 나는 이렇게 말라 죽어 버리고야 말 것이다.

누군가는 이렇게 말할 거다. 결국 중요한 건 진심이라고. 하지만 그건 당신이 여자니까 하는 말이다. 대부분의 연애는 남자가 다가가고 여자가 승인해서 시작된다. 여자는 남자가 자기랑 자고 싶어서 한 번 찔러보는 건지, 아니면 진심으로 사랑하고 아껴줄 준비가 되어있는지 검증해야 한다. 그러니 진심은 분명 중요하다.

하지만 마음은 눈에 보이지 않는다. 심장을 꺼내어 보여준다 한들 마음을 알 수는 없다. 그러니 겉모습을 보고 판단하는 수밖에 없다. 결국 진심보다 중요한 건 겉모습이다. 진짜인 것보다 중요한 건 진짜처럼 보이는 것이다. 로맨스 영화에서 여배우가 눈물 연기를 할 때 그 여배우가 진심으로 슬퍼하고 있는지는 별로 중요한 게 아니듯이. 그러니 스킬을 쌓아야 한다. 많이 만나고 많이 따먹으면서 여자들에게 뭐가 먹히는지에 대한 나만의 빅데이터를 만들어 나가야 한다. 여자들이 남자의 진심을 정말로 중요하게 여긴다면, 정말로 그걸 판별할 수 있는 능력을 갖고 있다면 나쁜 남자에게 버림받고 상처받는 여자들이 왜 있겠나.

또 다른 누군가는 어차피 한 사람 인연만 만나면 되는 것이니 횟수나 기간에 연연하지 말라고 할 것이다. 나도 안다. 나도 여자를 한 번에 서너 명씩 만나는 카사노바가 되고 싶어서 이러는 게 아니다. 나를 온전히 사랑해 줄 한 사람이면 족하다. 하지만, 인연을 기다린다고 인연이 알아서 찾아오지 않는다는 게 문제다. 앞서 말했듯 연애는 대개 남자의 구애로 시작된다. 여자는 기다리는 입장이다. 아주 못나거나 성격에 큰 하자가 있거나 도저히 남자를 만날 수 없는 환경에 처한 게 아니라면 여자에겐 자기 순번이 돌아온다. 물론 그전에 남자 경험을 충분히 쌓지 못했다면 가볍고 진정성 없는 남자를 걸러내는 선구안을 기르지 못할 것이고, 그로 인해 불행한 연애를 하게 될 것이다. 그런 면에서는 남자와 크게 다르지 않다. 하지만 그래도 여자에겐 최소한의 기회가 오긴 한다. 반면 남자에겐 그럴 일이 없다. 가만히 있으면 아무도 안 다가온다. 아무것도 하지 않았는데 어떤 여자가 나 따위를 좋아하게 된다면 그건 평생에 걸쳐 술안줏거리로 삼을 만한 대형 사건이다. 그러니 내가 먼저 다가가야 한다. 나의 남자다움을 증명해야 한다.

그런데 내겐 그 기술이 없다. 그러니 앞으로도 연애가 쉽지 않을 것이다. 시간이 가면 갈수록 더더욱. 그렇게 나는 말라갈 것이다. 절망切望적이다.

선고

친구가 상대방이 내 카톡 아이디를 차단했는지 확인하는 법을 알려준 적이 있다. 카톡 채팅방 목록을 뒤져보면 가끔 나만 남아 있는 단톡방이 있다. 모임 후에 비용 정산을 하고 모두 나가 버린 방일 수도 있고 조별 과제를 하려고 임시로 만들었던 단톡방일 수도 있다. 누구나 카톡 목록을 뒤져보면 제일 아래에 그런 방이 하나쯤 있다. 그런 방에 상대방을 초대해 보라. 만약 그가 나를 차단하지 않았다면 '김현민 님이 ○○○님을 초대했습니다'라는 메시지가 뜨고, 차단했다면 뜨지 않을 것이다.

알려준 대로 해봤다. 일단 나를 차단하지 않은 게 확실한 사람 몇 명을 초대해 봤다. 초대했다는 메시지가 떴다. (초대했다는 메시지는 나에게만 보이기 때문에 다른 사람들은 내가 그들을 초대했다는 걸 알 수 없다.) 이번에는 너를 해봤다. 아무런 메시지도 뜨지 않았다. 차단당한 것이다.

> "사람이 언제 죽는다고 생각하나? 심장이 총알에 뚫렸을 때? 불치의 병이 걸렸을 때? 맹독 버섯 수프를 마실 때? 아니… 사람들에게서 잊혀졌을 때다"
>
> - 애니메이션 [원피스] 中

죽음이란 무엇인가. 이 질문에 답할 수 있는 사람은 없다. 산 사람은 죽음을 겪어볼 수 없고, 죽은 사람은 다시 살아 돌아와서 죽음이 뭔지 말해 줄 수가 없다. 하지만 딱 하나 확실한 게 있다. 죽은 사람은 산 사람들의 세상에 어떤 영향도 미칠 수 없다. 세상을 호령하던 권력자라도, 대기업의 총수라도, 사람들의 환호와 사랑을 독차지하던 톱스타라도 죽고 나면 다 똑같다. 산소 분자 하나를 들이마셔서 이산화탄소 분자로 바꿔 놓는 일조차 할 수 없게 된다.

그래서 인간은 죽음을 두려워한다. 죽고 나서도 자기가 살아 생전에 누리던 화려한 삶을 이어 나가고 싶어한다. 그래서 고대 이집트의 왕들은 자기 몸을 방부 처리해서 미이라로 만들었고, 진나라의 시황제는 불로장생의 약초를 찾아 온 세상을 헤맸다. 하지만 그들 중 누구도 죽음을 극복해 내지는 못했다.

죽음. 아무도 없는 채팅방에 너를 초대했을 때, 그리고 아무런 메시지도 뜨지 않는 걸 봤을 때 내가 체감한 건 그것이었다. 만약 내가 500년 전 어느 농부의 아들 김갑돌이었다면, 네가 이웃 마을에 사는 어느 대장장이의 딸 이을순이었다면 달랐을 것이다. 네가 날 사랑하지 않을지라도, 네가 날 보고 싶어 하지도, 내 소식을 궁금해하지도 않을지라도 어떻게든 나와의 접점이 완전히 끊어지지는 않았을 것이다. 내가 결혼을 했는지, 아이를 낳았는지, 과거에 급제했는지, 아니면 전쟁터에 끌려가서 화살 맞고 죽었는지, 그런 소식들을 들을 수 있었을 것이다. 그러면 너는 작은 감정의 동요라도 느꼈을 것이다. 슬퍼하거나 아쉬워하거나 안타까워했을 것이다. '그게 나랑 무슨 상관인데'하고 콧방귀라도 뀌었을 것이다. 좋건 싫건 너라는 영화 속에 나는 아주 사소한 배역의 단역 배우로나마 등장할 수 있었을 것이다.

그런데 그게 없다. 너와 나는 같은 학교에 다니는 동기도 아니고, 직장 동료도 아니다. 이웃은 더더욱 아니다. 물론 우연에 기댈 순 있을 것이다. 어쨌거나 우리는 같은 시간 같은 공간 속에 살아있으니까. 살아 있다면 언젠가는 마주칠 수도 있을 테니까. 하지만 현실적으로 그럴 확률이 얼마나 될까. 드넓은 서울 시내에서 너와 내가 영화처럼 마주칠 확률은 영화 아마겟돈에서처럼 운석이 지구에 충돌해서 지구가 멸망할 확률과 비슷할 것이다.

애초에 너와 나의 접점은 지금 내가 손에 쥐고 있는 이 작은 기계 장치밖에 없었다. 이 기기를 통하지 않고서는 너를 만날 수 있는 방법도, 너의 삶에 조금이라도 영향을 미칠 수 있는 방법도 없었다. 늘 그랬다. 겨우 그 정도밖에 안되는 관계였다. 그러니까 내가 너의 삶에 더 등장하지 않길 원한다면, 해야 할 일은 너무나 간단명료하다. 그

유일한 접점을 없애면 된다. 내 프로필을 2초 정도 꾹 누르고, 숨김과 차단이라는 팝업 메뉴 중에 차단을 선택하면 된다. 그러면 나는 너의 삶에 아무런 영향을 미칠 수 없는 사람, 너라는 소설 속에 다시는 등장하지 못하는 사람이 된다. 죽은 사람이 된다. 그게 그렇게 쉽다.

박제

너에 대한 책을 만들었던 적이 있다. 별건 아니다. 손바닥 넓이에 A4로 15장 정도 되는 작은 책이다. 대학교 교양 수업 기말 보고서 하나 정도 분량이다. 팔려고 만든 건 아니다. 누구 보여주려고 만든 것도 아니다. 출판사와 계약을 맺고 만든 것도 당연히 아니다. 그냥 워드로 쳐서 인쇄소에 맡겼더니 다음날 뚝딱 만들어 줬다. 딱 한 부. 3천 원인가 들었다.

기억하고 싶어서였다. 나는 너를 사랑했다. 하지만 그 사랑은 세상으로부터 인정받지 못했다. 너는 나를 없는 사람으로 치기로 했다. 010-xxxx-xxxx. 너와 닿을 수 있는 유일한 접점이었던 11자리 숫자를 지웠다. 그렇게 나를 죽였다. 주변 사람들도 모두들 그렇게 생각했다. 섹스 못했으니 사귄 거 아니지 않냐고, 짧게 만났는데 그리워할 거나 있냐고, 나 혼자 사귀었다고 착각하는 거 아니냐고 했다. 모두가 그건 사랑이 아니라고 했다. 그걸 사랑이라고 생각하는 건 나뿐이었다.

그래서 나는 너를 기억해야 했다. 네가 나를 죽였다고 나까지 너를 죽일 수는 없었다. 너라는 세상에서 나는 존재하지 않는 사람이었지만 나라는 세상에서 너는 존재하는 사람이어야 했다. 네가 나를 사랑하지 않는 건 어쩔 수 없는 거지만 적어도 나는 너를 사랑했다고 믿고 싶었다.

그래서 자신을 괴롭혔다. 잇몸을 기억하는 사람은 없다. 눈은 앞을 보는 기관이고, 입은 말을 하는 기관이고, 귀는 소리를 듣는 기관이다. 하지만 잇몸은 딱히 하는 일이 없다. 그래서 존재감이 없다. 하지만 양치를 하다가 칫솔 머리로 잇몸을 찔러서 상처가 났을 때, 아니면 피곤해서 입이 헐었을 때 잇몸은 몸에서 가장 중요한 기관이 된다. 온몸의 신경이 잇몸에 집중된다. 상처가 난 부위를 자꾸만 혀로 핥고, 손으로 건드리면서 그 따끔한 통증을 음미한다.

너를 기억하는 방식도 그랬다. 내 기억 속에서 나는 한심하고 무능한 남자로 각색되었고, 너에게 했던 모든 말과 행동들은 후회로 남았다. 끊임없이 자신에게 상처를 주었고, 그만큼 너는 선명해졌다.

하지만 이건 이미 패배가 예정되어 있는 싸움이었다. 시간은 모든 것들을 무뎌지게 하기에. 너에 대한 기억들도 언젠가는 아무것도 아닌 것들이 되어버릴 것이기에.

> 머릿속 선명한 네 번호, 습관처럼 변한 말투들, 너무 따뜻했던 네 온기, 그리운 모든 것들이 잊혀진다는 거. 그게 아파.
>
> \- 노을, [잊혀진다는 거]

그게 문제였다. 내 기억 속에 너는 후회와 자괴감으로 남았다. 왜 그렇게 혼자 들떴었는지. 왜 나 혼자만의 감정과 생각들을 강요했던 건지. 왜 조금 더 침착하게, 어른스럽게 행동하지 못했는지.

그 부정적인 감정들은 내 삶을 갉아먹을 것이다. 나를 더 어둡고 무거운 사람으로 만들 것이고, 그런 모습들로 인해 다가올 인연들도 나를 떠나게 될 것이다. 그러면 나는 더 어둡고 무거운 사람이 될 것이다. '내가 그러면 그렇지. 그래서 너도 날 버렸던 거겠지.'하면서 더 깊은 심연으로 침잠하게 될 것이다.

그렇게 시간이 흘러갈 것이다. 그리고 잊힐 것이다. 아무것도 아닌 일이 될 것이다. 그렇다면 나는 무엇을 한 건가. 너에 대한 마음을 간직하지도 못했고, 아예 깔끔하게 잊고 다른 사람과 새 출발을 하지도 못했다면, 인생에 한 번뿐인 젊은 날을 부정적인 감정에 빠져서 보내고 무엇 하나 얻은 게 없다면 나는 그동안 무슨 짓을 한 것인가.

그때 좋은 방법이 생각났다. 박제를 시키는 것이다. 자기 몸을 미라로 만들어서 죽음 이후에도 영원한 삶을 누리려 했던 이집트 왕들처럼, 냉동 처리된 채 우주선에 실려서 수천수만 광년 떨어진 외계 행성으로 떠났던 어느 SF 영화 속 등장인물들처럼, 내가 너를 잊더라도 나 대신 너를 기억해 줄 일종의 백업 폴더를 만들면 되는 것이다. 그래서 글을 써 내려갔다.

그리고 몇 년이 지났다. 당연히 그 글은 너에게 닿지 못했다. 하지만 그 글은 지금도 내 방 책상 서랍 구석탱이 어딘가에 남아 있다. 지금은 낯부끄러워 꺼내 읽어 보지도 못하는 글이지만 차마 버리지는 못했다. 나도 너를 잊었지만, 나에게조차 너는 더 이상 중요하지 않은 사람이 되었지만 내 책상 서랍 한구석에는 여전히 너의 기억을 저장해 놓은 백업 폴더가 있다.

기억

하지만 내가 미처 생각하지 못한 게 있다. 아무리 나 자신을 괴롭힌다고 해도, 그렇게까지 해서 너를 기억하려 애쓴다고 해도, 글로 써서 박제해 둔다고 해도, 그건 껍데기일 뿐이라는 것이다.

프롤로그에서 중학교 2학년 때 짝사랑했던 소녀에 대한 이야기를 했는데, 그 이야기의 결말은 이렇다. 중학교를 졸업하면서 그녀와 나는 다른 고등학교에 진학했고, 그녀에겐 남자 친구가 생겼다. 같은 중학교를 나왔고, 나도 알고 지내던 친구였다. 셋이 같은 반이었던 적도 있다. 그래서 나는 당시 그녀와 나 사이에서 메신저 역할을 하던 친구에게 고민을 털어놓았는데 그 친구가 보기에는 그녀의 남자 친구가 퍽이나 별로였나 보다. 둘은 언쟁을 벌였고, 불똥은 나에게 튀었다. 마치 내가 메신저 친구에게 둘의 사이를 갈라놓으라고 사주한 것처럼 되어버린 것이다. 그녀는 내게 화를 냈고, 이후로 나는 그녀를 만나지 못했다.

하지만 그 소녀는 오랜 시간 내 마음속에 남아 있었다. 지금은 서로 다른 학교에 다니고 있어서, 남자 친구가 있어서, 나에 대한 화가 풀리지 않았을 것 같아서 그녀를 찾아가지 못하지만 언젠가 졸업하고 나면, 어른이 되고 나면 꼭 그녀를 다시 찾아야지, 했다. 그리고 그때 일은 오해였다고 말해줘야지, 했다. 중학교 2학년 때 그녀를 처음 보고 사랑하게 되었듯 어른이 되어서 그녀를 다시 만난다면 다시 사랑에 빠지게 될 거라고 믿었다. 그날까지 이 마음 변치 않겠다고, 그녀 앞에 부끄럽지 않은 멋진 남자가 되어있겠다고 마음을 다잡았다.

그렇지만 지금은 달라졌다. 나는 그녀를 굳이 찾지 않을 것이다. 설령 우연히 마주치더라도 모른 척 지나칠 것이다. 설령 그녀가 먼저 날 알아본다 해도 그뿐일 것이다. 지난 이야기는 굳이 꺼내지 않을 것이다. 그녀를 잊었기 때문이다. 정확히 말하자면 그녀를 좋아했던 내 감정을 잊었다. 그녀의 얼굴, 내게 했던 말, 시시콜콜한 사건들 하나하나 모두 기억하지만 딱 하나, 그때의 감정만은 기억이 나지 않는다.

결국 너도 그렇게 될 것이다. 나는 너의 모든 것들을 기억한다. 너의 얼굴, 너의 목소리, 자주 쓰던 이모티콘, MBTI, 가족 관계, 네가 했던 사소한 말과 행동들, 무엇 하나 잊지 않았다. 앞으로도 그럴 것이다. 혹시나 몰라서 글로 박제해 두기까지 했다.

하지만 딱 하나, 너에 대한 마음을 기억할 수는 없을 것이다. 15살 때 짝사랑했던 소녀가 그랬듯 너에 대한 감정들 역시 새로운 기억들에 묻혀 희미해질 것이다. 결국 아무것도 아닌 것이 되어버릴 것이다. 나는 굳이 널 찾지 않을 거고, 혹시 마주치더라도 그냥 지나칠 것이다. 이제 나는 너를 사랑하지 않기 때문이다. 언젠가 너를 만났을 때 하려 했던 말들을 기억할 수는 있지만, 지금도 읊으려면 그대로 읊을 수 있지만 그 말을 해야 할 이유, 즉 그때의 감정을 기억할 수는 없기 때문이다.

[그해 여름]이라는 영화를 봤다. 대학생 윤석영(이병헌)이 농활을 가서 시골 처녀 서정인(수애)을 만나 사랑에 빠진다. 그런데 정인의 아버지는 '빨갱이'였다. 유신 정권의 서슬이 시퍼렇던 시기였기 때문에 정인은 석영에게 피해가 갈까 두려워 석영을 떠난다. 석영은 오랫동안 정인을 그리워하고 결국 60살 노교수가 되어 정인을 찾는다. 정인은 이미 죽었다. 그러나 정인은 석영에게 다하지 못한 이야기들을 편지로 남겼고, 결국 두 사람의 마음은 이어진다.

석영은 어떻게 60살 노교수가 될 때까지 정인에 대한 마음을 간직했을까. 농활 가서 정인을 만난 것이 1969년이고 영화의 배경은 2006년이다. 40년 가까운 시간을 지

나오는 동안 석영은 많은 여자들을 만났을 것이다. 얼굴이 이병헌이니 더 말할 것도 없다. 그 오랜 시간, 그 많은 인연들에 의해 정인에 대한 감정은 석영의 마음속에서 깨끗이 씻겨 내려갔을 것이다. 정인을 사랑했다는 사실을 기억할 수는 있지만 그 감정 자체를 간직할 수는 없었을 것이다. 설령 자발적인 금욕 생활을 한다고 해도 그 마음을 간직하는 건 불가능하다. 그 사람을 사랑했다는 관념이 남을 뿐이다. 그런데 영화 속에서 정인을 향한 석영의 마음은 어제 일처럼 선명하다.

> 그리워하면 언젠가 만나게 되는 어느 영화와 같은
> 일들이 이루어져가기를
>
> – Never ending story, 부활

어쩌면 정말 영화와 같은 일은, 너와 내가 언젠가 마주치게 되는 게 아니라, 그때까지 내가 너를 그리워하는 것일지도 모르겠다.

망상

소설 [살인자의 기억법]은 알츠하이머에 걸린 연쇄 살인마의 이야기다. 살인을 저지른 과거를 숨기고 조용히 살던 주인공 병수에게 어느 날 딸인 은희가 찾아와 자기와 결혼할 사람이라며 박주태라는 남자를 소개해 준다. 병수는 그를 보자마자 그가 자기와 같은 부류의 인간, 살인자라는 것을 직감했고, 그로부터 딸인 은희를 지켜내기로 결심한다. 그런데 아이러니하게도 그의 적은 박주태가 아니다. 그 자신의 기억이다. 오늘 밥을 먹었는지 안 먹었는지, 저기 마당에 뛰노는 강아지가 우리 집 강아지인지, 아니면 동네 똥개인지도 기억하지 못하는 혼돈 속에서 그는 기억을 붙들기 위해, 딸을 노리는 살인마 박주태를 시야에서 놓치지 않기 위해 안간힘을 쓴다.

그런데 소설의 말미, 모든 것은 그의 망상이었다는 것이 밝혀진다. 박주태는 살인마가 아니라 그의 뒤를 쫓던 형사였고, 딸이라고 믿었던 은희는 요양 보호사였다. 심지어 그녀는 병수 자신의 손에 죽은 뒤였다. 그가 기억이라고 믿었던 것, 종이에 쓰고, 손바닥에 쓰고, 머릿속으로 되뇌어가며 잊지 않기 위해 발버둥 쳤던 모든 것들은 애초에 일어나지도 않은 일들이었던 것이다.

내 꼴이 그랬다. 너의 세상에서 나는 그리운 사람도 아니고, 잘 지내고 있는지 궁금한 사람도 아니다. 하다못해 혐오스럽거나 생각만 해도 짜증이 나는 사람도 아니다. 그 밖에 다른 무엇도 아니다. 말 그대로, 없는 사람이다. 어느 날 갑자기 내가 온 세상이 놀랄 만한 성공을 거둬서 TV 뉴스에 나온다 한들, 아니면 비참하고 잔혹하게 죽는다고 한들, 너는 눈 하나 깜짝하지 않을 것이다.

그걸 인정할 수 없었다. 그래서 혼자서라도 기억하기

로 했다. 내가 써왔던 글들과 해왔던 생각들, 살아온 나날들 모두를 부정해서라도 너를 기억하려 했다. 나이트에 다녀왔거나 다른 여자와 소개팅이라도 하고 온 날이면 고해성사라도 하듯 필사적으로 너를 떠올렸다. (물론 그 여자와 잘 되었다면 안 그랬을 것이다.) 그 무한 반복 속에서 너는 세상에 둘도 없는 이상적인 여자가 되었고, 나는 능력도 없고 매력도 없고 진정성조차 없는 한심한 남자가 되었다. 삶이 고통스러울수록, 내가 더 망가질수록 내 기억 속에서 너의 존재는 더욱 선명해졌다. 그리고 내 마음은 더욱 더 진실되고 특별해졌다.

> 내게는 소중했던 잠 못 이루던 날들이
> 너에겐 지금과 다르지 않았다.
> 사랑은 비극이어라. 그대는 내가 아니다.
> 추억은 다르게 적힌다.
>
> – 이소라, 바람이 분다.

그런데, 그걸 기억이라고 말할 수 있나? 너와 내가(차마 우리라고는 못하겠다.) 나누었던 대화들, 함께 먹었던 음식들, 같이 갔던 곳들. 그 모든 것들은 너의 기억 속에도 같은 모습으로 남아 있을까? 내가 그 순간들을 그리워하는 만큼 너도 그럴까? 오히려 지워버리고 싶은 끔찍한 기억들은 아니었을까? 아니, 증오 건, 후회 건, 아니면 그 밖에 어떠한 형태로 건 남아 있기나 할까?

그렇다면 나는 무엇과 싸우고 있는 것인가? 자신을 괴롭혀 가면서까지, 내 삶을 망가뜨려 가면서까지 내가 지켜내려 하고 있는 건 무엇인가? 내가 기억이라고 믿고 있는 건, 어쩌면 그냥 내 머릿속에서 만들어낸 망상이 아닐까?

섹스

나이트클럽에 갔다. 더 이상 이러고 있을 수만은 없어서였다. 너의 세상에서 나라는 사람은 이미 죽었다. 나는 없는 사람이다. 내가 너를 잊었건 잊지 않았건 너에게는 아무 상관없는 일이다. 어쩌면 내가 너를 아직 기억하고 있다는 사실 자체가 너에게는 소름 끼치는 일일 수도 있다.

설령 그게 아니라고 한들, 너도 나를 생각하고 있다고 한들, 내가 다시 연락을 하고 찾아와 주길 기다리고 있다고 한들 이러고 있는 건 도움이 안 된다. (당시) 서른 살. 육체의 젊음과 경제적 여유가 절묘한 균형을 이루는 시기다. 학생 때는 돈이 없고, 나이가 더 들어서는 체력이 없는데 서른 살에는 둘 다 있다. 놀기 딱 좋은 시기이다. 그러니까 놀아야 한다. 새로운 일을 배우고, 새로운 것들을 해보고, 새로운 곳에 가고, 새로운 여자와 섹스를 해야 한다. 그렇게 도전적이고 진취적으로 살아야 한다. 그게 남자다. 그런데 나는 그렇게 하지 못했다. 그때 이렇게 말하지 않았어야 했던 건지, 이런 생각을 하지 말았어야 했던 건지, 아예 처음부터 모든 게 잘못되었던 건 아닌지. 미래에 대한 꿈을 꾸는 게 아니라 지나간 일들만 곱씹고 있었다. 살아갈 날이 얼마 남지 않은 노인처럼. 그래서 나는 생기를 잃었다. 너무 무겁고 진지하고 음울해 보이는 인간이 되었다. 이런 인간이 네게 어울릴 리 없다.

그래서 갔다. 금천구 독산동에 있는 국빈관 나이트클럽. 물도 적당히 좋고 여자들도 오픈 마인드라고 친구가 알려준 곳이다. 가장 멋진 옷에 가장 멋진 헤어스타일로 세팅을 했고 큰맘 먹고 룸도 잡았다. 웨이터에게 팁도 두둑하게 찔러주었다.

출입구 앞에 대기 줄이 조금씩 줄어들고, 무대에서 울

려 퍼지는 밴드 음악 소리가 점점 가까이 들려온다. Sex, Sex, Sex on the beach! 그래! 섹스다! 여기서 하나 자빠뜨리는 거다. 누구라도 상관없다. 이름이 뭔지, 어디에 살고 무슨 일을 하는지, 무엇 때문에 여기에 왔는지, 어떤 상처를 갖고 있고 어떤 남자와 어떤 사랑을 하길 원하는지, 어떤 꿈을 꾸는지, 그런 건 중요하지 않다. 어차피 저들도 그런 건 별로 관심 없다. 그냥 즐기고 싶은 거다. 그녀들을 향한 남자들의 욕망 어린 시선을 느끼고, 환심을 얻기 위한 달콤한 말들을 듣고, 짐짓 도도하고 새침한 표정을 지으며 그 남자들에게 뺀찌를 놓으면서 자기가 뭐라도 된 것 같은 쾌감을 느끼고 싶은 거다. 그 남자가 누구인지는 저들에게도 별로 중요한 게 아니다. 어두침침한 조명과 시끄러운 음악 소리에 둘러싸인, 서로를 알아보지도, 제대로 된 소통을 할 수도 없는 이 공간에서 우리가 마주친 이유는 그것이다.

그러니까 나도 즐기면 되는 거다. 원래의 내가 어떤 인간이었는지는 잠깐 잊는 거다. 가면을 쓰고 그냥 여자들이 좋아할 법한 아무 내용도 없고 진정성도 없는 말들을 되는대로 지껄이는 거다. 그러다 눈빛이 통하면 데리고 나가서 하룻밤 불장난을 치는 거다. 그러고 다시는 보지도, 연락하지도 않는 거다. 한순간의 감각적 쾌감과 홈런 쳤다는 성취감, 내 외모와 말발, 조건이 여자들한테 먹힌다는 우월감만 가져가면 되는 거다.

그리고 몇 시간 뒤, 나는 빈손으로 나왔다. 첫 차까지는 두어 시간이 남았다. 물론 택시를 타고 갈 수도 있었다. 이미 나는 하룻밤 새 15만 원을 태웠고, 택시비 1~2만 원을 더 쓰는 건 그렇게 어려운 일이 아니었다. 그런데 그럴 기분이 아니었다. 그냥 친구와 근처 국밥집에서 시간을 죽이기로 했다. 두어 시간이 지나 1호선 병점행 전철이 왔다. 다들 일터로 향하는 길인지 이른 시각인데도, 토요일인데도 지하철에는 앉을 자리가 없었다. 외출 복장을 한 건 친구와 나뿐이었다. 잠시 후 자리가 났고, 우리는 앉았다.

집으로 가는 그 전철에서 우습게도 나는 네 생각을 했다. 몇 시간 전까지는 여기서 누구 하나 자빠뜨리겠다고,

절대 빈손으로 안 나가겠다고 굳은 결의를 다져 놓고서 실패하고 나니 네 생각을 했다. 마치 한순간도 너를 잊지 않았던 것처럼, 한결같이 너만을 생각하고 그리워했던 사람처럼 너에 대한 기억을 열심히 떠올렸다. 마치 죄를 짓고 나서 신부님께 고해성사를 하는 신도처럼. 그 모순이 웃겼다.

GG

네이버 카페에서 알게 된 어느 책 동호회에 나간 적이 있다. 남자는 나 한 명에 여자는 두 명이 있었는데 둘 중 한 사람(이하 A)이 자기가 사주를 볼 줄 안다고 했다. 나머지 한 명의 여자(이하 B)와 나는 흥미로워했고, A는 그 자리에서 B와 나의 사주를 봐주었다.

나는 수, 목, 토의 기운이 발달한 반면 화, 금의 기운이 부족하다고 했다. 토양(土)도 좋고, 물(水)도 맑아 나무(木)가 잘 자라지만, 노력과 재능에 비해 결실을 맺지는 못하는 편이라고 했다.

그냥 재밌는 이야기 정도로 넘기고 헤어지려 하는데 A

가 자기를 따라가서 정성을 들이면 운이 트이게 될 거라고 했다. 나는 됐다고, 오늘 처음 만난 사이라서 조금은 꺼림칙하다고 했다. 그런데 B가 자기는 너무 궁금하다고, 꼭 가서 정성을 들여보고 싶다고 했다. 나한테 같이 가자고 했다.

덜컥 겁이 났다. A와 B는 오늘 처음 만나서 통성명을 했다. 원래 알던 사이가 아니다. 그러니 B가 직접 가서 정성을 들여보고 싶다고 한 게 거짓은 아닐 것이다. 그런데 만약 그게 아니라면? A와 B는 원래 한통속이었고, 둘이서 짜고 나에게 공사를 치고 있는 거라면?

조금 겁이 나서 망설이고 있는데 A가 대로변에 있는 곳이니까 별일은 없을 거라고, 정 찜찜하면 무리하진 않아도 된다고 했다. 그래서 별일 없겠지, 하고 A와 B를 따라가게 되었다.

도착한 곳은 영등포 구청 앞에 있는 어느 건물 2층이었다. 내부는 가정집처럼 되어 있었다. 작은 방에서 기다리고 있는 B와 나에게 A가 개량 한복 한 벌씩을 주며 이걸로 갈아입으라고 했다. 옷을 갈아입은 B와 나는 제사를 드리는 방으로 갔다.

방에는 A와 한 남자가 있었다. 남자는 운이 트이게 하려면 조상들께 정성을 표해야 한다고 했다. 나는 속으로 '그럼 그렇지' 하며 얼마나 내야 하냐고 물었고, 남자는 액수는 중요치 않다고 했다. 그래서 내가 만 원만 내도 되냐고 하자 그렇게 하라고 했다.

A와 남자는 나와 B가 낸 지폐에 불을 붙였고, 우리에게 그 돈이 불타는 동안 소원을 빌라고 했다. 그리고 뜻을 알 수 없는 주문을 외웠다. 그들이 주문을 외우는 동안 나와 B는 절을 했다.

제사를 마치고 집에 가려는데 남자가 B와 나를 멈춰 세웠다. 그리고 정성을 들이는 건 돈만으로 완성되는 게 아니라고 말했다. 조상들께 정성을 제대로 표하고 싶으면 삼칠일, 즉 3주 동안 이곳에 나와서 자기와 함께 공부를 해야 한다고 했다. B에게 어떻게 할 거냐고 묻자 그녀는 3주 동안 나오겠다고 했다. 나는 잠시 고민했지만 남자가 특별히 위험한 사람 같지는 않아서 그냥 속는 셈 치고 나가 보기로 했다.

강의 내용은 새로운 세상이 오고 있고, 그 세상에 대비해야 한다는 내용이었다. 지금 우주는 봄과 여름을 지나 가을로 넘어가고 있고, 가을에는 큰 변혁이 올 거라고 했다. 그리고 2000년 전 예수가 원죄로부터 인류를 구원했듯, 다가올 우주의 가을에는 한국에서 새로운 메시아가 나타날 거라고 했다. 그에 대한 다큐멘터리를 보여주기도 했다. 한일합방이 부패한 조선 왕조를 몰락하게 하기 위한 천주님의 큰 그림이었다는 등 납득하기 어려운 이야기들을 하기도 했지만, 대체로는 흥미로운 이야기들이었다.

그렇게 3주가 지났고, 나는 이제 다 된 거냐고, 이제 내 소원이 이루어지는 거냐고 물었다. 남자는 아직 해야 할 게 있다고 했다. 자기들은 대순진리회이며, 회원 가입을 해서 앞으로도 계속 공부를 해야 한다고 했다. 그래서 나는 그렇게까지 하고 싶진 않다고 했다. 그리고 그곳을 나왔다.

이 얘기를 왜 하냐고? 내가 그곳에 간 이유가 너였기 때문이다. 처음 보는 여자 둘을 따라서 영등포 구청 앞 허름한 건물에 들어갔을 때, 개량 한복을 입고 뜻 모를 주문을 외우면서 만 원짜리를 불태웠을 때, 3주 동안 천주님과 메시아에 대한 강의를 들었을 때. 내가 빌었던 소원은 우스꽝스럽게도 너였다.

그런데 우습게도 3주 뒤 마지막 강의를 듣고 그 건물을 나왔을 때 피식 웃음이 나왔다. 무더운 여름날 3주 동안이나 시간을 낭비하면서 인생에 별 도움도 안 될 것 같은 미신 같은 강의를 들었는데, 그 바보짓을 해서라도 이루고 싶었던 소원이 결국 이루어지지 않았는데 그냥 헛웃음이 나왔다. 슬프지도 않았고, 화가 나지도 않았다. 오히려 홀가분했다.

그때 알았다. 사실 나는 너를 만나고 싶지 않았다. 그냥 다 잊고 다른 여자를 만나서 새롭게 시작하고 싶었다. 하지만 그 사실을 인정하기는 쉽지 않았다. 내가 너를 잊고 새 출발한다면 너에 대한 내 마음이 그만큼 가벼웠다는 뜻이 되기 때문이다. 그래서 내겐 핑계가 필요했다. 이

만하면 최선을 다했다고, 이만큼 했으면 그냥 잊어도 되겠다고 할 만한 변명 거리가 필요했다. 그게 대순진리회에서의 3주였다.

2장

젊은 독거노총각의 슬픔

회귀

강사 일을 그만두었다. 다시 회사에 들어가기로 했다. 철저히 현실적으로 생각하기로 했다. 강사로 성공해서 큰 돈을 버는 사람은 소수다. 그중에 내가 속할 확률이 얼마나 될까. 그렇게 되기까지 얼마나 노력하고 인내해야 할까. 그때까지 내가 부모님의 한숨과 눈물, 그리고 미래에 대한 불안감을 견뎌낼 수 있을까. 견뎌내서 성공한다는 보장이나 있다면 모르겠지만 만약 내 생각이 틀렸다면 내가 날려버린 기회와 시간들은 어떻게 보상받을 수 있을까.

생전 하지 않던 면접 스터디를 시작했다. 면접은 함께 일할 사람을 뽑는 자리다. 지원자들 중 이 회사와 가장 어울리는 게 누군지 가려내는 자리다. 그러니까 있는 그대로의 모습을 보여 주어야 한다. 그래야 회사가 올바른 판단을 할 수 있다. 연출된 모습을 보여 준다면 당장 합격할 확률을 높일 수는 있겠지만 막상 회사에 들어가 일을 하면서 맞지 않는 점들을 발견하게 될 것이다. 그러면 나는 업무에 적응하지 못하거나 아예 회사를 그만둘 것이다. 그건 나에게나 회사에게나 손해다. 이게 이전까지 면접 스터디에 대한 내 생각이었다.

생각을 바꿨다. 진짜 모습? 가짜 모습? 그런 게 뭐가 중요한가. 회사에 다니는 사람들 중에 자기 진짜 모습을 보여주면서 다니는 사람이 몇이나 되겠는가. 사장조차도 직원들 앞에 설 때나 다른 업체와 미팅을 할 때는 가면을 쓸 것이다. 가면을 써야 하니까, 그건 힘든 일이니까 돈을 주는 것이다.

어려울 것 없다. 지금껏 늘 그렇게 살아왔다. 학교에서 선생님들을 대할 때, 군대에서 고참들을 대할 때 나는 진심이었나? 아니었다. 그들이 원하는 모습을 연출했다. 있는 그대로의 내 모습을 사랑해 줄 사람은 우리 부모님 말고는 없다. 이게 현실이다.

그러니까 일단 붙고 보는 거다. 보통 사람들이 걷는 삶의 궤도에 올라타겠다. 다음 일은 나중에 생각하겠다. 그게 나의 계산이었다.

그리고 술 마시는 친목 모임에 들어갔다. 헌팅 포차에도 몇 번 갔고 나이트클럽에도 갔다. 나름 거금을 주고 룸도 잡아봤다. 어차피 너에 대한 기억을 영원히 간직할 수 없다면 아예 즐겁고 자극적인 기억들로 덮어서 빨리 잊어버려야지 했다. 혹여나 언젠가 다시 만날 일이 생기더라도 이렇게 동굴 속에 갇힌 우중충한 인간이 되어가는 것보다는 차라리 유쾌하고 발랄한 인싸가 되어있는 게 네가 보기에도 더 나을 것 같았다.

쉽지는 않았다. 친목 모임 사람들과는 결이 맞지 않았다. 인싸들의 텐션에 적응하기가 힘들었다. 잠깐 휴대폰을 보고 있지 않으면 단톡방에 안 읽은 메시지가 300개씩 쌓여 있었었고, 그중에는 무엇 하나 영양가 있는 내용이 없었다. 아침에 일어나서 9시나 10시 정도까지 아무 말이 없으면 누군가가 "오늘은 톡이 조용하네요." 하면서 운을 뗐고, 그러면 참새들이 지저귀는 수준의 쓸데없는 이야기들이 하루 종일 오갔다. 모임은 퇴근 이후 8시나 9시 정도에 시작되었고, 사람들은 다음날 출근을 해야 하는데도 새벽까지 술을 마셨다. 금요일이나 토요일에는 밤을 새웠다. 술자리 자체가 재미없었던 건 아니지만 그런 생활 패턴에 계속 맞추는 건 술도 잘 못 마시고 시끄러운 자리를 좋아하지 않는 나에겐 힘든 일이었다.

회사 생활 역시 쉽지 않았다. 보톡스를 파는 회사였는데 나는 피부과 레이저 기기를 파는 신사업부에 영업 담당자로 배치되었다. 회사의 시스템은 당연히 대부분의 매출을 책임지는 보톡스 사업부에 맞춰져 있었기 때문에 비주류인 나로서는 회사의 시스템을 충분히 활용할 수 없었다. 선배들과의 관계를 쌓아 가기도 어려웠다. 서로 다른 일을 하기 때문에 공감대가 통하지 않았고, 선배들은 훨씬 많은 인센티브를 받고 회사의 주류로 성장할 수 있는 보톡스 영업 부서가 아닌 신사업부로 간 나를 별종으로 취급했다. 어차피 신사업부는 곧 없어질 부서이고, 실적이 안 나와도 아무도 신경 쓰지 않을 테니 그냥 상부에 보고만 가짜로 하고, 대충 다니라고 했다. 차라리 그 시간에 운동을 하거나 영어 학원을 다니라고 했다. 지금 생각해 보면 다 맞는 말이고, 나라도 선배 입장이라면 그렇게 조언할 것이다. 하지만 회사에 처음 들어와서 뭐라도 의욕적으로 해보려고 하는 신입 사원의 입장에서 그런 말을 듣는 건 분명 유쾌한 일이 아니다.

하지만 그 와중에도 나는 5년 동안 회사에 다녔다. 매출 부진으로 부서가 폐지되기도 했고, 그 이후 배치된 영업 지원 부서에서 상사와의 갈등으로 다시 영업부로 밀려나기도 했지만 꾸역꾸역 버텼다. 모두들 내가 금방 나갈 거라고 생각했지만, 나조차도 그만두고 싶은 순간이 한두 번이 아니었지만 나는 나가지 않았다.

그래야만 했기 때문이다. 오랫동안 나는 너를 붙들고 있었다. 네가 나를 버렸다고 나까지 너를 버릴 수는 없어서 악착같이 너에 대한 기억을 간직하려 했다. 별 비전도 없는 일을 계속하면서, 대순진리회에 나가서 바보 같은 강의를 3주 동안 들으면서, 끊임없이 내가 살아온 날들과 해온 생각들, 그 밖에 모든 것들을 부정하면서 나는 너를 기억하려 했다. 하지만 아무 소용이 없었다. 너를 만나지도 못했고 너에 대한 마음을 간직하지도 못했다. 무겁고 음침한 인간이 되어버린 내가 홀로 서있을 뿐이었다.

그래서 이번엔 반대의 의미를 추구하기로 했다. 이상이 아니라 현실을 추구하기로 했다. 예전에는 논술 강사로 성공하지 못하더라도 내가 택한 이상을 끝까지 밀고 나가겠다고 했지만 이제는 그 이상을 접고 회사원이 되었다. 그리고 회사원 중에서도 현실주의의 최전선이라 할 수 있는 영업 사원이 되었다. 내 이상을 끝까지 포기하지 않았는지, 하는 과정이 아니라 그래서 실적이 얼마나 나왔는지, 하는 결과를 추구하기로 했다.

그리고 무거움이 아니라 가벼움을 추구하기로 했다. 소규모의 사람들이 모여서 도란도란 삶에 대해 진지하고 깊이 있는 이야기를 하는 독서 모임보다는 여러 사람들이 모여서 하나 마나 한 이야기를 하는 모임을 하기로 했다.

그래서 견뎌낼 수 있었다. 처음 보는 병원에 가서 처음 보는 직원들에게 말을 걸 때, 나를 잡상인 보듯 하는 그들의 시선을 느낄 때, 그 눈빛을 알면서도 애처롭게 원장님 만나게 해달라고 매달릴 때, 당연히 자괴감이 들었고, 때려치우고 싶었다. 하지만 그럴 수 없었다. 나는 내가 보내왔던 지난 몇 년을 부정해야 했기 때문이다. 너를 잊고 새 출발하고 싶었기 때문에 너를 기억하려던 방식들을 부정해야 했다. 그래서 나는 의미가 아닌 무의미에 매달렸다. 뜬구름 잡으며 살아왔던 지난 시간을 속죄하듯이.

속물

과거의 나는 신념을 가진 사람이었다. 나는 의미를 찾는 사람이 되고 싶었다. 더 좋은 직장에 들어가고, 더 좋은 차를 타고, 더 많은 돈을 버는 것이 아니라 좋은 책을 읽고, 좋은 생각을 하고, 좋은 글을 쓰는 사람이 되고 싶었다. 그 이상을 추구하는 과정에서 부모님과 갈등을 빚기도 했고, 취업에 어려움을 겪기도 했지만 그 와중에도 나는 나의 신념을 지키려 애썼다.

그런데 내가 미처 생각하지 못했던 게 있다. 신념이란 결국 현실에 근거한다는 것이다. 신념이란 이 세상이 어떤 곳이 되어야 하는지, 그리고 그 안에서 내가 어떤 역할을 하고 싶은지에 대한 생각이다. 그러니까 신념을 가지려면 이 세상이 어떤 곳이고 내가 어떤 인간인지를 알아야 한다. 그런데 이 세상의 모습은 사람들이 서 있는 위치에 따라 다르게 보인다. 약자의 입장에서 보기에 이 세상은 불공평하다. 금수저들은 흙수저들이 갖지 못한 돈과 권력, 사회적 네트워크를 날 때부터 갖고 있고, 그걸 활용해서 그들의 사회적 지위를 더욱 공고하게 한다. 한편 흙수저들은 그들의 타고난 처지를 바꿔 보기 위해 발버둥 치지만 이미 모든 걸 갖고 태어난 이들과의 경쟁에서 승리하기란 불가능에 가깝다. 하지만 강자의 입장은 다르다. 금수저가 흙수저보다 더 나은 조건을 타고났다고 치자. 그럼 그 나은 조건을 얻어낸 건 누구인가. 금수저의 부모일 것이다. 그럼 그 부모는 어떻게 그 조건을 얻어냈을까. 성공할 수 있는 기회를 찾고, 리스크를 최소화하기 위해 치열하게 고민하고, 결국에는 실패의 두려움을 이겨내고 도전했을 것이다. 부모가 아니라면 조부모가 그렇게 했을 것이고, 조부모가 아니라면 증조부모가 그렇게 했을 것이다. 부모의 부가 자식 세대에까지 세습되는 게 문제라고?

만약 내 자식에게 좋은 조건을 물려주고 싶다는 원초적 욕망이 없다면 누가 노력하고 도전할까? 아무도 도전하지 않았다면 오늘날 이 세상이 이만큼 발전할 수 있었을까? 불평불만 늘어놓는 건 좋은데 들고 있는 휴대폰은 내려놓고 말씀하시지? 그걸 만들어낸 건 당신들이 천민자본주의의 하수인이라며 손가락질하던 대기업들이니까.

결국 두 입장은 모두 맞다. 그리고 둘 다 틀렸다. 둘 다 어느 정도 옳지만 둘 다 완벽하게 옳지는 않다. 각자가 서 있는 위치에 따라 세상이 달리 보일 뿐이다. 사람들이 서 있는 위치가 서로 뒤바뀐다면 그들이 보는 세상의 모습이 달라질 것이고, 그들의 가슴속에 있는 신념도 달라질 것이다.

나 역시도 그랬다. 회사원이 되자 회사원의 신념을 갖게 되었다. 나답게 사는 것보다 남들의 시선에 맞추는 게 중요하다고 생각하기로 했다. 행복은 주관적이다. 모든 걸 가졌다고 행복한 것도 아니고, 아무것도 못 가졌다고 꼭 불행한 것도 아니다. 내가 느끼기 나름이다. 하지만 그렇다고 행복이라는 게 오로지 내 마음에만 달린 건 아니다. 타인과의 관계도 중요하다. 그리고 관계는 내가 뭘 가졌는지에 따라 확연하게 달라진다. 내 한 몸이야 조금 불편해도, 가진 게 없어도 대수롭지 않게 여길 수 있을지 모르겠지만, 돈이 없어서 내 자식이 원하는 걸 못해주거나, 연인이 비전 없는 내 모습에 질려서 떠나거나, 부모님이 내 모습을 한심하게 여기고 부끄러워하는 걸 받아들이기란 쉽지 않다. 그러니 많이 가져야 한다. 그리고 많이 가지려면 남들이 원하는 걸 줘야 한다. 사업가라면 고객이 원하는 물건을 팔아야 하고, 회사원이라면 상사들이 원하는 방식대로 일을 해야 하고, 연애를 하려면 상대방이 원하는 매력적인 모습을 연출해야 한다. 타인에게 맞추지 않고 있는 그대로의 내 모습으로 살아가겠다는 건 그냥 인생 날로 먹겠다는 심보일 뿐이다.

그리고 절차보다는 결과를 중요시하기로 했다. 어차피 세상에는 완전히 옳은 것도 틀린 것도 없다. 대부분의 사람들이 옳거나 그르다고 믿는 것조차도 그렇다. 세종대왕이 한글을 만들었을 당시, 중신들은 이에 반대했다. 오늘날의 역사책에 이들은 자신들의 기득권을 지키기 위해 민

중을 억압했던 탐관오리로 기록되었다. 하지만 정말 그랬을까? 이들은 무식한 백성들이 문자를 쓰게 되면 그들의 정제되지 않은 생각을 마구마구 싸질러서 세상이 혼란스러워질 거라고 했다. 그리고 이 견해는 100% 틀린 말은 아니다. 세종이 한글을 만들지 않았더라면, 문자가 엘리트들의 전유물로 남았더라면 오늘날 유명인들에 대한 악플이나 가짜 뉴스, 반사회적 온라인 커뮤니티 같은 문제들은 발생하지 않았을 것이다. 물론 한글이 만들어져서 얻은 이익이 훨씬 크다고 할 수는 있겠지만, 적어도 이들의 생각이 0점짜리는 아닌 건 분명하다. 그런데 이들은 왜 역사에서 탐관오리로만 기록되었을까? 이들은 패배했기 때문이다. 결국 세종이 한글을 만들었고, 우리가 오늘날까지 한글을 쓰고 있기 때문이다. 그러니까 이겨야 한다. 패배자에게는 자신을 변론할 기회가 주어지지 않는다. 우리가 정의라고 믿고 있는 건 결국 강한 자의 의견일 뿐이다.

뒤처진 이들은 그럴 만한 이유가 있으니까 뒤처진 거라고 생각하기로 했다. 세상 사람들은 바보가 아니다. 값어치가 있는 물건을 사기 위해 지갑을 열고, 능력이 있는 직원에게 월급을 주고, 유망한 주식에 돈을 투자한다. 그러니까 실패했다면 그 이유는 명확하다. 내가 만든 물건이 안 팔린다면 그 물건이 값어치가 없는 거고, 내가 취직이 안 된다면 내 능력이 없는 거고, 우리 회사에 아무도 투자를 안 한다면 우리 회사가 가치가 없는 거다. 물론 고흐처럼 사후에 인정받는 사람들도 있긴 하겠지만 그건 극소수다. 대부분의 경우 대중의 눈은 틀리지 않다. 성공한 이들은 성공할 만하니까 한 거고, 실패한 이들은 실패할 만하니까 한 거다.

내가 그동안 신념이라고 믿고 있던 것들은 폐기처분하기로 했다. 내가 외적인 소유가 아니라 내적인 의미를 중시했던 건 가진 것 없는 내 처지를 정당화하기 위해서였고, 한국 사회의 속물주의와 무한 경쟁 시스템을 비판했던 건 내가 그 경쟁에 승리하지 못했기 때문이었던 걸로 생각하기로 했다. 원래 꼭 공부 못하는 애들이 학벌주의 비판하고, 군대에서 적응 못하는 애들이 군대 문화 비판하지 않던가.

욕정

진화 심리학이라는 걸 알게 되었다. 이 이론의 핵심은 결국 인간이 살아가는 이유는 번식이라는 것이다. 식물은 싹을 틔우고 자라서 꽃을 피우고 열매를 맺는다. 열매는 익어서 땅에 떨어지고, 그 열매를 먹은 동물의 배설물에 섞여 어디론가 흩어진다. 그러면 언젠가 새싹이 튼다. 동물은 자라서 짝을 만나고 새끼를 낳고 죽는다. 새끼는 또 자라서 또 짝짓기를 하고 또 새끼를 낳는다. 그리고 죽는다. 인간 역시 다르지 않다. 학교에 다니고, 직장에 다니고, 연애도 하고, 결혼도 하고, 집도 사고, 자녀 교육도 시키고, 재테크도 하는 것 같지만 본질은 결국 번식이다. 여타 동식물들처럼 인간 역시 나고, 자라고, 새끼를 낳고, 기르고, 죽는 존재일 뿐이다.

그 밖에 것들은 부수적인 것에 지나지 않는다. 인간이 만들어 낸 위대한 예술 작품과 기상천외한 발명품들도, 국가와 사회 시스템, 대기업들도 결국에는 사회적 지위를 높여서 더 매력적인 암컷과 짝짓기를 하기 위한 수단일 뿐이다. 화려한 꼬리 깃털로 암컷을 유혹하려 하는 수컷 공작새나, 다른 수컷의 하렘을 빼앗기 위해 날카로운 엄니로 서로를 물어뜯고 싸우는 바다코끼리나, 명품 시계와 외제차로 여자를 유혹하는 남자들이나 별반 다를 게 없는 것이다.

사랑이라는 감정 역시 마찬가지다. 회사에서 직원과 사장의 이해관계는 다르다. 사장은 최소한의 돈을 주고 최대한 많은 일을 시키고 싶어 하지만 직원은 최소한으로 일하고 최대한 많은 돈을 받길 원한다. 그래서 회사는 인사고과나 승진, 성과급과 같은 제도를 운영한다. 열심히 일하는 직원에게 유무형의 인센티브를 제공함으로써 열심히 일하고 싶어 하지 않는 직원들을 열심히 일하게 유도하는 것이다. 사랑 역시 마찬가지다. 아이는 낳는다고 끝이 아니다. 키워야 한다. 스스로 걷고 말하고 돈을 벌 수 있을 때까지, 짝을 만나서 유전자의 절반을 다음 세대로 전달할 수 있을 때까지 보살펴야 한다. 이건 엄청나게 지루하고 고난한 과정이다. 태어나자마자 걸을 수 있고, 1~2년이 지나면 신체적으로 성숙해서 스스로 사냥을 할 수 있는 대부분의 동물들과 달리 인간은 걸음마를 떼는 데만 1년이 걸리고, 신체적 성숙은 15~20년, 스스로 돈을 벌려면 30년 가까이 걸린다. 그래서 우리의 유전자는 사랑이라는 감정을 만들어 냈다. 매력적인 짝을 만나서 손을 잡고 입을 맞추고 성기를 접촉해서 사정을 할 때 미칠 듯이 많은 도파민이 분비되게 만들었다. 그렇게 해서 이 길고 험난한 과정을 기꺼이 감내할 수밖에 없게 만들었다. 회사가 돈을 주고 직급을 올려줘서 직원을 열심히 일하게 만들 듯이 말이다.

이 이론은 회사 생활을 시작하면서 개편된 나의 신념

체계에 아주 잘 어울렸다. 과거의 나는 세상에 정의라는 게 있다고 믿었다. 읽고, 쓰고, 생각하고, 고민하다 보면 언젠가 내가 그 정의에 가까워질 수 있을 거라고 믿었다. 하지만 사회생활을 하면서 그 신념을 버렸다. 그런 건 없다고 생각하기로 했다. 어차피 정의라는 건 승자가 규정하는 것이기 때문에 일단 승리하고 봐야 한다고 믿기로 했다.

그래서 나는 진화 심리학에 매력을 느꼈다. 과거에 나는 로맨스를 믿었다. 중학교 2학년, 처음으로 마음에 두었던 그 소녀가 나를 원하지 않는다는 걸 알았을 때 나는 처음으로 삶에 질문을 던졌다. '사랑이 뭐지?' '어른들은 공부만 열심히 하면 행복해질 거라고 했는데 왜 나는 그 소녀가 나를 사랑하지 않는다는 이유 하나만으로 이렇게 슬픈 거지?' '설령 내가 훗날 사회적으로 성공해서 그녀를 다시 쟁취하게 된다 한들 그렇게 얻어낸 사랑에 무슨 의미가 있는 거지? 돈을 주고 사는 매춘과 다를 게 뭐지?'

이 질문에 대한 답은 생각보다 간단했다. 사랑이 뭐냐고? 그건 바보 같은 질문이다. 애초에 사랑이란 건 없기 때문이다. 그저 남자는 어리고 예쁜 여자, 여자는 돈 많고 잘나가는 남자를 만나서 자기의 유전자를 후대에 남기고 싶다는 욕망이 있을 뿐이다. 그 욕망을 충족하기 위해 나는 공부를 열심히 해서 미래에 내 가치를 높이는 전략을 택했고, 같은 학교에 다니던 숙제 제대로 안 해오고 앞니 사이로 가래침을 뱉어대던 녀석들은 일진이 되어서 지금 당장의 사회적 지위를 높이는 전략을 택했을 뿐이다. 둘 다 옳고 둘 다 틀렸다. 누구도 완벽히 옳거나 틀리지 않다. 그러니까 이기면 된다. 이긴 자만이 자기 입장을 변호할 기회를 얻을 수 있다. 나는 앞으로 그렇게 믿기로 했다.

노잼

예능 프로그램 무한도전의 웃음 장례식 편을 본 적이 있다. 코미디언 박명수의 웃음이 죽었다며 멤버들이 장례식을 치러준 것이다. 이 에피소드의 발단이 된 건 박명수의 마이 리틀 텔레비전(이하 마리텔) 출연이었다. 박명수는 마리텔의 웃음 사냥꾼이 되겠다며 호기롭게 출사표를 던졌지만 방송에서 그가 보여준 모습은 시청자들이 기대했던 것과는 너무나도 달랐다. EDM 음악을 주력으로 여러 콘텐츠를 시도했지만 처참하게 실패했고, 박명수는 결국 웃음 사망꾼이라는 불명예스러운 타이틀을 얻게 되었다.

박명수는 유명한 코미디언이다. 데뷔한 지 수십 년이

된 베테랑 희극인이며, MBC 방송 연예 대상을 탄 경력도 있다. 웃기는 걸로 대한민국에서 둘째가라면 서러울 사람이다. 그런 그가 마이 리틀 텔레비전에서는 아무것도 하지 못했다. 왜 그랬을까?

자신감의 문제다. 유머는 찰나의 예술이다. 찰나의 망설임은 유머의 타이밍을 놓치게 만들고, 타이밍을 놓친 유머는 그 감칠맛을 잃게 된다. 김빠진 탄산음료, 뜬 지 오래된 횟감처럼. 무한도전에서의 박명수는 그 찰나를 놓치지 않는다. 동료들에 대한 믿음이 있기 때문이다. 다소 자기중심적이고 돌발적인 그의 행동들이 프로그램의 큰 맥락과 어우러질 수 있게 중심을 잡아주는 유재석이 있고, 그의 거친 입담을 살려 주기 위해 기꺼이 바보 역할을 자처하는 정준하가 있기 때문에 그는 망설이지 않을 수 있다. 그래서 무한도전의 박명수는 웃음 사냥꾼이다.

하지만 마리텔에서는 다르다. 마리텔에는 유재석도 없고 정준하도 없다. 그의 돌발적인 행동과 거친 입담을 받아줄 사람이 없다. 무한도전에서 호통개그였던 것이 마리텔에서는 막말이 된다. 그래서 박명수는 망설인다. 웃음 사냥꾼 박명수를 웃음 사망꾼으로 만든 건 그 찰나의 망설임이다.

나도 비슷한 일들을 겪었던 적이 있다. 소개팅녀, 혹은 모임이나 회사에서 호감을 갖게 된 여자와 연락을 할 때 자연스럽게 농담을 던지고 분위기를 화기애애하게 만드는 게 쉽지 않았다. 만나서도 소위 말하는 티키타카가 잘 안 되곤 했다.

가장 일차적인 문제는 나 자신에게 있다. 나는 소위 말하는 핵인싸는 아니다. 가볍고 발랄하기보다는 무겁고 진지한 축에 속한다. 언젠가 동호회에서 사람들에게 내 직업을 맞춰보라고 했던 적이 있는데, 힌트로 '절대 이건 아닐 것 같은 직업'을 뽑으라고 하니까 바로 맞추더라. 제약회사 영업사원. 뭔가 분위기를 띄우고 사람들에게 살갑게 다가가는 유형의 사람은 아닐 것 같다는 것이다.

그렇다고 눈치가 빠르지도 않다. 눈치가 빠른 이들은 여자들의 화제에 진심으로 공감하지는 못하더라도 본능적으로 여자가 원하는 걸 알고 거기에 공감하는 모습을 의도적으로라도 연출해낼 수 있다. 하지만 나에겐 그러한 능력이 없다. 내가 재미가 없는 건 그 때문이다.

하지만 엄밀히 따지고 보면 내가 그렇게 재미가 없는 것도 아니다. 분명 나는 좌중을 휘어잡는 재담꾼은 아니다. 하지만 재미있다는 말의 의미는 그보다 훨씬 광범위하다. 코미디 영화는 재미있다. 하지만 그렇다고 로맨스나 스릴러, 다큐멘터리 영화가 재미가 없는 건 아니다. 각각의 장르에는 제각기 다른 종류의 재미가 있다. 즉, 유머라는 건 재미의 여러 하위 범주 중 하나일 뿐이지 재미 그 자체는 아니다. 따라서 재미있는 사람이 되는 건 웃기는 사람이 되는 것보다 훨씬 쉽다. 상대방의 이야기를 잘 들어주는 사람도, 대화의 핵심을 짚어내는 예리한 통찰력을 지닌 사람도, 자신의 감정을 솔직하게 풀어낼 줄 아는 사람도, 남들이 겪어보지 못한 진기한 경험이나 지식을 갖고 있는 사람도 모두 재미있는 사람이 될 수 있다. 나도 마찬가지다. 웃기지 않다고 재미가 없는 건 아니다. 나도 누군가에게는, 어떤 의미로는 재미있는 사람이다. 나에게도 나를 재밌게 여기는, 나와 보내는 시간을 즐거워하는 사람들이 있다.

사랑하지 않는 것, 그게 진짜 문제다. 나는 여자들이 좋아하는 주제에 관심이 없다. 애완동물이나 해외여행도, 인스타그램 핫플레이스나 골프 같은 것들도 잘 모른다. 하지만 내가 호감을 갖고 있는, 하루에도 카카오톡 프로필을 수십 번씩 열어 보는 가상의 그녀가 그런 것들에 관심을 갖는다면 어떻게든 그녀에게 맞추려 노력할 것이다. 관심이 없어도 관심이 있는 척할 것이고, 그렇게 해서라도 도무지 관심이 가지 않는다면 공부라도 할 것이다.

여자들도 마찬가지다. 나를 사랑하는 여자라면, 내가 조금 어렵고 진지한 얘기를 하더라도 어떻게든 맞추려 할 것이다. 질문도 많이 할 것이다. 그러면 나는 그녀와의 대화를 쉽게 풀어나갈 수 있을 것이다. 내가 하는 말을 한마디라도 놓칠세라 눈을 반짝이며 경청하는 그녀를 보며 나 스스로가 재미있는 사람이 된 것처럼 느낄 것이다. 유재석, 정준하와 함께 할 때 박명수가 재미있는 사람이 되듯이.

하지만 그녀가 나를 사랑하지 않는다면 얘기는 달라질

것이다. 그녀는 내가 하는 말에 쉽사리 맞장구쳐 주거나 웃어주지 않을 것이다. 마리텔의 시청자들이 박명수에게 그랬듯 냉정한 시선으로 나를 바라볼 것이고 그 시선은 나를 얼어붙게 만들 것이다.

그러면 나는 고민할 것이다. 어떤 말을 던져야 그녀가 내 말을 귀담아듣게 될지, 어떻게 해야 그녀가 웃어줄지. 하지만 결국 그 답을 찾을 수 없을 것이다. 고민하는 순간 이미 타이밍이 지나가버렸기 때문이다. 유머의 유통기한이 끝나버렸기 때문이다. 웃음이 사망해버린 것이다.

존못

못생긴 남자가 인기 없는 건 단순히 못생겨서가 아니라 못생기기까지 해서라는 말이 있다. 못생겼지만 그걸 상쇄할 만한 매력이 있다면 충분히 연애도 하고 여자들한테 인기도 끌 수 있는데 대다수의 못생긴 남자들은 못생긴 데다가 매력까지 없어서 인기가 없는 거라는 것이다.

맞는 말이다. 못생겨도 인기 있는 남자들 많다. 개그맨 박휘순이나 오지헌은 평범한 남자들보다 훨씬 못생겼지만 예쁜 아내와 결혼하는데 성공했다. 유해진도 김혜수와 연애를 했었고, 양세형이나 이상준처럼 키가 크고 잘생기지는 않았지만 위트 있는 남자를 이상형으로 꼽는 여자들도 많다. 인기가 없는 못생긴 남자들은 박휘순이나 양세형처럼 유머러스하지도, 유해진처럼 끼가 넘치지도, 유재석처럼 배려심과 사교성이 좋지도 않으니까 인기가 없는 것이다.

그런데 문제는, 못생겼으면서 매력있기란 하늘의 별따기와 같다는 것이다. 첫번째로, 못생긴 남자가 매력을 가꾸기가 어렵다. 매력이란 대개는 인간 관계에서의 능숙함을 말한다. 남을 잘 웃기던지, 남의 말을 잘 들어주든지, 배려심이 있든지 하는 것이다. 농구를 잘한다거나, 노래를 잘 부른다거나 하는 것도 물론 장점이 될 수는 있지만 사회성이 떨어지면 이러한 장점들은 사람을 끌어들이는 매력으로 승화될 수 없다. 반대로 사회성이 좋으면 노래를 못 부르고 운동을 못 하는 건 큰 문제가 되지 않는다. 그러니까 결국 중요한 건 사회성이다. 그런데 못생긴 남자가 사회성을 갖는 게 말처럼 쉬운 게 아니다.

유머를 예로 들어보자. 유머러스하다는 건 단순히 만득이 시리즈 같은 우스갯소리들을 외우고 다니는 걸 말하는 게 아니다. 재미있는 농담을 감칠맛 나게 살릴 줄 알아야 한다. 표정이나 톤과 같은 비언어적 요소들을 잘 활용해야 한다. 그러려면 자신감이 필요하다. 내가 이 농담을 던지면 사람들이 웃어줄 거라는 믿음이 필요하다. 그런데 못생긴 남자들은 평소 이성으로부터, 그리고 동성들로부터도 숱한 개무시를 당한다. 그 과정에서 자신감이 깎인다. 그래서 재미있는 농담이 생각나도 망설이다가 타이밍을 놓쳐버리고, 혹은 삐질삐질 입은 열지만 그 감칠맛을 살리지 못해서 분위기를 썰렁해지게 만든다. 그래서 그들은 재미없는 남자가 된다.

배려심도 마찬가지다. 배려심은 단순히 호구같이 퍼주는 걸 말하는 게 아니다. 그 배려로부터 조금의 구김살도 없는 순수한 선의가 느껴져야 한다. 무언가 대가를 원하는 티가 나거나, 배려를 해주면서도 오히려 상대방의 눈치를 보는 기색이 느껴지면 배려는 가치를 잃는다. 그러니까 가진 게 많아야 한다. 조금 손해 봐도, 자신의 호의를 타인에게 돌려받지 못해도 아쉽지 않을 정도로 많아야 한다. 물질적인 것만을 말하는 게 아니다. 누가 칭찬해

주지 않아도, 아무도 나한테 관심이 없어도 자존심이 상하지 않을 정도로 자존감이 높아야 하고, 그러려면 칭찬과 애정에 익숙해야 한다. 그래야 연연하지 않을 수 있다. 그런데 못생긴 애들은 그러기가 쉽지 않다. 뭐 착한 일 하나 하면 얼른 인정해 달라고, 칭찬해 달라고 애처로운 눈빛을 보낸다. 그러니 영 짜세가 나지 않는다. 배려를 해도 선의에서 나온 게 아니라 배려를 하지 않고서는 인간관계에서 살아남을 방법이 없어서 어쩔 수 없이 배려하는 것처럼 보인다.

두 번째로 매력을 가꾸더라도 그 매력을 제대로 인정받기가 어렵다. 마약 및 프로포폴 투약 혐의를 받은 배우 유아인의 과거와 현재 모습을 비교한 영상을 본 적이 있다. 마약을 하기 이전 유아인의 말투나 표정은 남들과 다를 바 없이 평범하고 정상적이었으나 최근 영상에서는 어딘가 불안해 보이는 눈빛으로 횡설수설하고 있었다. 네티즌들은 그런 유아인의 모습을 보며 이렇게 비교해서 보니 티가 난다, 멀쩡했던 사람이 맛이 가버렸다, 하는 반응을 보였다. 그런데 우스운 건 스캔들이 터지기 전까지 사람들은 몽롱한 표정으로 맥락을 알 수 없는 말들을 하던 유아인의 모습을 예술가 같다, 자기만의 색채를 가진 멋진 배우다, 하면서 칭찬했다는 것이다.

가수 정준영도 그랬다. 클럽 버닝썬에서의 마약 유통과 불법 성매매 알선으로 처벌을 받게 되었을 때 사람들은 눈빛이 퀭하고 다크서클이 짙은 걸 보니 저럴 줄 알았다고, 관상은 속일 수 없다고 했다. 그런데 버닝썬 게이트가 터지기 전 사람들은 정준영의 그런 모습을 좋아했다. 퇴폐적이고 섹시하다고 했다.

그들은 변한 게 없다. 유아인은 늘 횡설수설했고, 정준영의 눈빛은 늘 퀭했다. 변한 건 대중의 시선이다. 뛰어난 배우 혹은 뮤지션이라는 프레임으로 봤을 때는 자기만의 개성이나 섹시함, 퇴폐미로 보였던 것들이 범죄자라는 프레임이 씌워지자 마약 중독자의 말투로 들리고, 범죄자의 눈빛으로 보이기 시작한다.

결국 사람들은 세상을 있는 그대로 보지 않는다. 보고 싶은 것만 본다. 그들이 매력적이라고 생각하는 사람으로부터는 매력적인 면들을 보고, 선하다고 생각하는 사람으로부터는 선한 면만 본다. 그러니까 못생긴 사람이 매력을 갖기란 쉽지 않다. 그들이 사교적으로 행동하고, 주변 사람들을 배려하고, 위트 있는 모습을 보여도 그런 모습이 쉽사리 부각되지 않는다. 못생긴 사람들이 자기 매력을 인정받으려면 잘생긴 사람보다 훨씬 더 많은 노력을 해야 한다.

마지막 세 번째는 이 두 가지가 서로 시너지를 일으킨다는 것이다. 못생겼으니까 주변 사람들과의 관계가 원만하지 못하고, 그러다 보니 사회성이 떨어진다. 사회성이 떨어져서 주변인들과 좋은 관계를 맺지 못하고, 매력을 가꾸기도 어려워진다. 노력해서 무언가를 바꿔보려 해도 주변 사람들이 응원해 주고 좋게 봐주질 않으니 금방 사그라든다. 그게 반복된다.

물론 될 놈은 다 되긴 한다. 유재석도, 양세형도, 오지헌이나 박휘순도 다 되지 않았나. 하지만 세상에 그런 식으로 따지면 합리화하지 못할 논리가 없다. 이명박 전 대통령이 흙수저 출신이니까 이 나라에서는 노력만 하면 대통령이건 뭐건 다 될 수 있고, 모차르트가 청각 장애인이 되고서도 불후의 명곡을 남겼으니 장애는 인간에게 아무런 걸림돌이 되지 않는 것인가? 그건 아니잖은가?

노력

신라의 장군 김유신과 기생 천관에 얽힌 이야기가 있다. 젊은 시절 화랑 김유신은 천관이라는 기생과 연애를 했다. 그러다 어머니에게 들켜버렸고, 어머니는 화랑으로서 무예와 학문에 정진해야 하는 시기에 여색에 빠져 시간을 낭비하고 있다며 그를 꾸짖었다. 그는 다시는 천관을 찾지 않겠다고 어머니와 약속했다.

천관과 연을 끊고 무예와 학문을 닦으며 지내던 어느 날, 김유신은 회식 자리에 참석하게 되었다. 회식을 마치고 술에 거나하게 취해 집에 돌아가는 길, 말 위에서 잠깐 잠들었다가 깨어보니 천관의 집 앞이었다. 너무나 자주 드나들던 곳이라서 별다른 명령을 내리지 않았는데도 말이 자연스레 천관의 집으로 온 것이었다.

김유신은 주인의 결심을 흩뜨려 놓았다며 말의 목을 베었고, 문밖에 마중 나온 천관을 외면한 채 매몰차게 떠나 버렸다. 그리고 훗날 천관의 집터에 천관사라는 절을 지었다. 이 전설로부터 [한국을 빛낸 백 명의 위인들]에 나오는 '말 목 자른 김유신 통일 문무왕'이라는 가사가 유래하게 되었다.

나는 너를 사랑했다. 그래서 많은 바보짓들을 했다. 그런데 그 바보짓들 중 내 의지로 한 건 아무것도 없다. 그냥 정신 차려 보니 그 바보짓을 하고 있었다. 나는 내가 지금 무슨 짓을 하고 있는지, 이 행동이 나에게 득이 될지 실이 될지 하는 것들은 생각지도 못했다.

이를테면 이런 것이었다. 너, 그리고 몇몇 친구들과 술을 마시기로 했던 적이 있다. 그런데 공교롭게도 그날따라 할 일이 많아서 8시 반이 되어서야 겨우 퇴근을 했다. 늦게라도 술자리에 참석하려는데 생각해 보니 퇴근 후에 집에서 화상으로 참석해야 할 미팅이 있었다. 미팅에 참석하려면 최소 9시에는 나와야 했다. 너를 만날 시간은 단 30분이었다. 그나마 단둘이 볼 수 있는 자리도 아니었다. 인사 한 번씩 하고 얼굴 도장 찍으면 쏜살같이 지나가 버릴 시간이었다. 그래도 나는 너를 만나러 갔다. 어떠한 계산도 없었다. 너와 대화를 할 시간이 충분하지도 않았고, 그 자리에 참석한다고 너와 가까워질 수 있을 거란 생각도 안 했지만 그냥 갔다. 아무런 이유도 계산도 없이, 그저 발길이 움직였다. 김유신의 말이 술에 취한 김유신을 천관의 집 앞으로 데려갔듯이.

'자기도 모르게.'

이게 중요하다. 의식하는 순간 사랑은 끝난다. 대학교 교양 시간에 프랑스의 어느 거장이 만들었다는 예술 영화를 본 적이 있다. 교수님은 이 영화를 영화사에 한 획을 그은 명작이라고 극찬했다. 네이버에 검색해 보니 평점도 9점이 넘었다. 박평식도 8점을 넘게 준 영화였다. 그런데 재미가 없었다. 무슨 내용인지도 모르겠고, 감정이입이 되지도 않았다. 나는 이런 명작을 이해하지 못하는 내가 잘못된 건가 싶었다. 그래서 자신에게 주문을 걸었다. 이 영화는 재밌다, 이 영화는 유익하다, 이 영화는 명작이다. 하지만 그럴수록 영화는 더욱 재미가 없어졌다. 결국 나는 강의 시간 내내 엎어져서 잤다.

또 한번은 장례식에 갔던 적이 있다. 장례식장에 들어가니 상주와 유가족들이 땅을 치며 대성통곡을 하고 있었다. 솔직히 별로 슬프지는 않았다. 잘 모르는 사람이었기 때문이다. 하지만 상주와 가족들의 모습을 보니 측은한 마음이 들었다. 왠지 나도 울어야 할 것 같았다. 그렇게 하지 않으면 다들 나를 냉혈한이라고 생각할 것 같았다. 그래서 울려고 노력해 봤다. 하지만 그럴수록 눈물은 나지 않았다.

감정이란 게 그렇다. 어떠한 감정을 느끼려고 노력하면 노력할수록 오히려 그 감정으로부터 멀어진다.

착한 남자, 좋은 남자였던 내가 버려진 이유는 그것이

다. 네가 나를 이용했다고 생각하지는 않는다. 내게 상처를 줄 의도를 갖고 있었다고 생각하지도 않는다. 오히려 너는 좋은 사람이었다. 그래서 내가 착한 말을 하고, 착한 행동을 하고, 착한 태도를 취했을 때 너도 도덕적 부채감을 느꼈을 것이다. 이렇게 착하고 좋은 사람에게 상처를 줘선 안 된다는 생각을 했을 것이다. 그래서 나름대로 노력도 했을 것이다. 나를 한 번 사랑해 보려고. 하지만 그게 잘 안됐을 것이다. 감정은 노력해서 되는 게 아니다. 아니, 오히려 노력하는 순간 끝난다. 미안하다, 고맙다, 그런 생각이 드는 순간 이미 다 물 건너간 것이다.

진심

픽업 아티스트라는 직업이 이슈가 되었던 적이 있다. 말 그대로 여자 꼬시는 법을 알려주는 사람들이다. 대부분의 사람들은 이들에게 부정적이었다. 이유는 크게 두 가지였다. 하나는 이들이 사기꾼이라는 것, 두 번째는 얄팍한 속임수로 사람의 마음을 얻으려 하는 건 옳지 못하다는 것이었다.

첫 번째 비판은 정당하다. 픽업 아티스트들에게 여자를 유혹하는 법을 배우고 싶다면 그 전에 그들이 정말로 여자의 마음을 얻을 수 있는 비법을 알고 있는지, 그 비법이 모든 사람들에게 보편적으로 적용될 수 있는지를 냉정하게 따져봐야 한다. 그렇게 하지 않으면 제대로 된 노하우를 배우지도 못하고 돈만 낭비하게 될 수 있다. 하지만 두 번째 비판은 타당하지 않다. 속임수로 사람의 마음을 얻는 건 잘못된 게 아니다. 어차피 사람의 마음을 얻는 일에 있어서 진심 따위는 아무런 도움이 되지 않기 때문이다.

많은 사람들은 가수 아이유의 노래를 좋아한다. 그녀의 노래를 들으면 위로를 받는 기분이 들고 가슴이 따뜻해진다고 한다. 그런데 아이유는 어떻게 그렇게 노래를 잘 부를 수 있을까? 따뜻한 마음만 있으면 누구든 아이유처럼 노래를 부를 수 있을까?

많은 사람들은 아이폰을 좋아한다. 그 브랜드가 갖고 있는 감성이 좋다고들 한다. 그런데 아이폰을 만든 애플은 어떻게 그런 감성을 만들어낼 수 있었을까? 감성만 있으면 누구나 아이폰을 만들 수 있을까?

진심과 정성으로 여자의 마음을 움직이겠다는 건 이만큼이나 멍청한 소리다. 많은 여자들은 오랫동안 변하지 않고 자신을 진심으로 사랑해 줄 남자를 원한다고 말한다. 그건 거짓말은 아니다. 남자는 여자를 간절히 원한다. 씨만 뿌리면 되기 때문에, 임신과 출산은 여성의 몫이기에, 설령 잘못된 투자를 한다고 해도 잃을 게 많지 않기 때문에 여자를 엄격하게 고르지 않는다. 그래서 쉽게 사랑에 빠진다.

하지만 그만큼 쉽게 식는다. 남자는 매일 사정을 할 수 있다. 능력만 되면 1년 365일 동안 365명의 여자에게 씨를 뿌릴 수 있다. 그렇기 때문에 한 여자에게 모든 자원을 투자하는 건 남자의 입장에서는 낭비다. 그래서 마음이 식는다. 특히 섹스를 기점으로 갑을 관계가 역전된다. 이건 인성의 문제가 아니다. '이제 섹스했으니까 버려야지. 개꿀.' 하는 게 아니라 정말로 마음이 식는다. 그보다는 본능의 문제다. 남자는 그렇게 진화했다.

그래서 여자에겐 헌신적인 성향을 가진 남자를 구별해낼 수 있는 선구안이 필요하다. 그런 선구안이 없다면, 연애 초반에 보여주는 남자의 스윗함이 영원히 지속될 거라고 믿었다간 소중한 번식 자원을 무책임한 남성에게 낭비하게 될 수 있다. 그래서 여자들은 오랫동안 변치 않고 자신을 진심으로 사랑해 줄 남자를 원한다.

하지만 그렇다고 진심만으로 모든 걸 얻을 수 있는 건 아니다. 누군가를 진심으로 사랑해 본 적이 있다면 알 것이다. 사랑에 빠졌을 때 우리는 그 사람을 이상화한다. 그 사람의 냉정하고 까칠한 모습이 도도하고 자존감 있는 모습으로 보이고, 그 사람의 우유부단함과 소심함이 배려와 사려 깊음으로 보인다. 반면 우리 자신의 모습은 상대적으로 작아 보이게 된다. 그래서 사랑에 빠지면 지질해진다. 신과 조우한 인간, 왕 앞에 선 신하처럼 비굴한 모습을 보이게 된다.

그러니까 당신을 진심으로 사랑해 줄 남자를 정말 찾고 싶다면 당신 앞에서 제일 지질하고 비굴한 모습을 보이는 남자를 찾으면 된다. 당신과 눈도 제대로 못 마주치고, 무슨 잘못이라도 지은 것처럼 벌벌벌 떨고, 상전 대하듯 굽신굽신대는 남자를 찾으면 된다.

하지만 그렇게 하는 여자는 없다. 왜? 없어 보이기 때문이다. 우리의 눈으로 볼 수 있는 건 그 사람의 마음이 아니라 그 사람의 겉모습이기 때문이다. 진심으로 자신을 사랑해 줄 남자를 원한다고 하지만 정작 당신들이 볼 수 있는 건 진심 그 자체가 아니라 진심을 표현하는 방식일 뿐인 것이다.

그렇기 때문에 진심은 중요하지 않다. 진심처럼 보이면 된다. 진심과 정성을 다하면 상대방도 마음을 열 거라는 안일한 생각을 할 시간에 성형수술을 하고, 목소리나 말투를 교정하고, 외제차를 사는 편이 더 도움이 될 것이다.

잊어서는 안 된다. 아이유의 음악이 사람들의 가슴을 울릴 수 있는 건 아이유가 따뜻한 마음을 가져서가 아니라, 아이유가 뛰어난 노래 기술을 갖고 있기 때문이라는 것을.

허세

많은 여자들은 허세 부리는 남자가 싫다고 말한다. SNS에 돌아다니는 여자들이 걸러야 할 남자 혹은 여자들이 싫어하는 남자 유형에는 허세 부리는 남자가 꼭 들어간다.

그런데 실제로는 허세를 부리는 남자가 여자를 더 잘 만나는 걸 훨씬 많이 본다. 명품을 입을 능력이 안 되면서 입는 남자, 외제차를 몰 능력이 안 되면서 모는 남자, 아는 게 없으면서 아는 척하는 남자, 돈도 없고 비전도 없으면서 있는 척하는 사짜들이 SPA 브랜드 입고 다니는 남자나 국산차 모는 남자, 별로 가진 게 없다고 솔직하게 말하는 남자들보다 여자를 훨씬 잘 만난다. 왜일까?

남녀 관계에서 남자는 구직자, 여자는 기업의 입장이기 때문이다. 기업과 구직자는 분명 서로를 필요로 하는 관계다. 기업은 그 기업에서 일을 할 직원을 필요로 하고, 구직자는 자기에게 돈을 줄 회사를 필요로 한다. 하지만 면접을 볼 때 기업과 구직자의 입장은 평등하지 않다. 기업이 갑이고 구직자는 을이다. 기업은 그 구직자가 어떤 능력을 가졌고, 과거에 어떤 성취를 이루었고, 성격의 장단점은 어떤 게 있는지 물어보지만 구직자는 이 회사가 연봉을 얼마 주고, 야근은 얼마나 시키고, 복지 제도는 뭐가 있는지 물어보지 못한다. 면접은 기업이 구직자를 검증하고 평가하는 자리이지 구직자가 기업을 평가하는 자리가 아니다. 구직자가 그 기업에 입사하고 싶을 거라는 건 당연한 전제로 깔고 접근한다.

기업과 구직자의 관계에서 기업이 더 많은 걸 투자하기 때문이다. 기업은 직원에게 월급을 준다. 컴퓨터와 책상, 사무 용품도 지급해야 하고, 직원이 업무에 적응하는 기간 동안 실수를 할 것도 감수해야 한다. 혹여라도 그 직원이 금방 일을 그만두게 된다면 업무에 공백이 생기고 남은 팀원들의 사기가 떨어질 것도 고려해야 한다. 하지만 직원은 투자할 게 없다. 돈을 받고, 사무 용품을 지급받는 입장이다. 정규직이라면 특별히 큰 잘못을 하지 않는 이상 해고도 당하지 않는다. 인사고과가 나쁘면 성과급을 못 받거나 진급을 못할 수는 있지만 적어도 기본급은 받는다. 그래서 구직자들은 회사가 구직자들을 평가하는 것만큼 엄격하게 회사를 평가하지 않는다. 마구마구 지원하고 하나 얻어걸리길 기다린다. 정말 못 다닐 회사가 아닌 이상 어지간하면 버틴다.

남녀 관계도 비슷하다. 남자는 번식 과정에서 잘못된 선택을 해도 잃을 게 없다. 어차피 임신과 출산은 여자의 몫이다. 그래서 남자는 다다익선 전략을 취한다. 소개팅, 헌팅, 동호회, 회사, 학교 등 다양한 방법으로 여자에게 접근하고, 그중에 하나 얻어걸리길 기다린다.

한편 여자는 잃을 게 많다. 10개월 동안 임신을 해야 하고, 임신과 출산은 그 자체로 여성의 몸에 부담이 된다. 이런 것들을 고려할 때 여자가 평생 가질 수 있는 아이의 수는 최대 12명 정도라고 한다. 그런데 이건 생물학적 한계다. 여자가 아이를 낳다 죽건, 경력이 단절되건 아무 신경 쓰지 않겠다는 말이다. 정말로 여자를 아이 낳는 기계로 간주했을 때, 여성의 생명력을 최대치로 쥐어짰을 때 12명이라는 말이다. 실제로는 그 절반도 버거울 것이다. 그러니까 여자는 한 번, 한 번의 기회를 소중히 여겨야 한다. 가장 경쟁력 있고 헌신적인 남자에게 자기 몸을 허락해야 한다. 책임감도 능력도 없는 남자에게 소중한 번식 자원을 낭비해선 안 된다. 남녀가 섹스만 하고 사귀지 않거나 금방 헤어진 경우 여자는 먹버(먹고 버린다는 뜻) 당한 게 되지만 남자는 승자가 되는 것도, 부모들이 아들보다 딸에게 통금 시간이나 외박, 이성 친구와의 여행, 술자리 등을 훨씬 엄격하게 통제하는 이유도 다 그런 것이다.

그렇기 때문에 데이트는 남자가 여자를 검증하는 자리가 아니다. 검증은 남자만 받으면 되고, 여자는 검증받을 게 없다. 그래서 남자는 돈과 정성, 달콤한 말을 통해 자신의 헌신성과 유능함을 보여주려 하지만 여자는 그냥 묵묵히 듣고만 있는다. 마치 구직자에게 질문을 던지고 얼마나 적절한 대답을 하는지 평가하는 면접관처럼.

여자들은 허세를 부리는 남자가 싫다고 하지만 결국 허세를 부리는 남자가 여자를 잘 만나는 건 그래서다. 기업들은 자기의 스펙과 경력을 부풀리는 지원자를 원치 않는다고 한다. 하지만 그 말이, 나는 역량도 없고, 제대로 된 경력도 없고, 사회성도 떨어진다고 솔직히 말하는 지원자를 뽑아 주겠다는 뜻일까? 아니다. 실제로 능력이 있고, 그걸 겉으로 드러낼 줄도 아는 지원자를 뽑겠다는 뜻이다.

그러니까 일단 면접에서는 부풀리기라도 해야 한다. 그렇게라도 해야 그 부풀려진 경력과 역량이 진짜인지 검증받을 기회라도 얻을 수 있고, 면접관을 성공적으로 속인다면 합격할 수도 있다. 성공률은 얼마나 포장을 잘했는지, 얼마나 심하게 부풀렸는지에 따라 다르겠지만 적어도 0%는 아니다. 하지만 해본 것도 없고 할 줄 아는 것도 없다고 솔직히 말하면 0%다.

허세 부리는 남자가 싫다는 말도 마찬가지다. 허세 부리는 남자가 유해한 건 맞다. 직원을 일단 뽑고 나면 설령 그 직원의 퍼포먼스가 기대에 미치지 못하더라도 회사는 그에게 월급을 줘야 하듯, 일단 남자의 달콤한 말과 허세에 속아 연애를 시작하면, 특히 섹스를 하고 나면 여자로서는 헤어지기가 쉽지 않다. 그러니 여자는 선별을 해야 하는데 허세를 부리는 남자들은 그 선별 시스템을 교란시킨다. 그래서 여자는 허세 부리는 남자를 원치 않는다.

하지만 남자의 입장은 다르다. 가진 것 없고, 남성적이지 않고, 별로 잘나가지 않는다고 솔직하게 말하면 0%지만 있는 척, 남자다운 척, 잘나가는 척이라도 하면 적어도 확률이 생기긴 한다. 물론 진짜로 가진 남자, 남자다운 남자, 잘나가는 남자가 되는 게 최선이겠지만 그건 단기간에 되는 게 아니니까, 어쩌면 평생 동안 못 될 수도 있으니까 일단은 겉모습이라도 그럴싸하게 꾸미는 게 최선이다.

예감

지금으로부터 10년 전, 교육 봉사 캠프를 다녀와서 한 달 만에 여자 친구를 만나기로 한 날이었다. 약속 시간보다 10분 정도 일찍 나와서 너를 기다리고 있는데, 에스컬레이터를 타고 올라오는 너의 모습이 보인다. 마치 물속에서 솟아나는 것처럼 너의 머리, 너의 얼굴, 어깨가 하나씩 드러난다. 그런데 뭔가 다르다. 머리 모양이 바뀐 것도 아니고 옷도 늘 입던 옷인데, 무엇 하나 달라진 게 없는데 마치 다른 사람인 듯 낯설다. 그 순간 나는 직감한다. 아, 오늘 나를 버리겠구나.

하지만 애써 그 직감을 외면했다. 내가 너무 예민해서

그런 거라고, 아무 일 없을 거라고 자신을 달랬다. 불안한 마음을 숨기려 화제를 돌려보려고도 했다. 교육 봉사 활동에서 무슨 일이 있었는지, 같이 활동했던 사람 흉을 보기도 하고, 아이들 이야기를 하기도 했다. 이런저런 얘기를 하다 보니 불안감이 조금 가시는 것도 같다. 오늘따라 뭔가 잘 웃어주는 것 같기도 하고, 역시 내가 헛다리를 짚은 건가?

그런 생각을 하는 순간 너는 말한다. 사실 오늘 나에게 할 말이 있다고. 바로 다음 순간 내 불길한 예감은 현실이 되었다. 그날 이후 나는 너를 보지 못했다.

비슷한 일을 수도 없이 겪었다. 소개팅녀에게 연락을 했는데 답장이 빨리 오지 않을 때, 이번 주 금요일에 시간 어떻냐고 물었는데 다른 날짜를 제시하지 않고 그냥 그날은 선약이 있어서 어렵다고만 할 때 나는 불안감을 느꼈다. 그리고 그 불안감을 잠재우려 노력했다. 군대에서 실수를 했을 때 영창에 끌려갈 줄 알고 마음 졸였지만 막상 아무 일도 안 생기지 않았던가, 회사에서 업무를 잘못 처리했을 때 잘리거나 징계를 받을 거라고 생각했는데 아예 걸리지도 않고 넘어가지 않았던가. 지금까지 내가 우려했던 최악의 상황이 정말로 벌어진 적은 한 번도 없지 않았던가. 어차피 인간이 하는 걱정의 90%는 실제로 일어나지 않는다고 하지 않던가.

그런데 연애에 한해서는 달랐다. 불길한 예감은 절대 빗나가지 않았다. 나쁜 쪽으로 생각하면 다 맞았다. 왜 그런 걸까? 다른 일을 할 때는 그렇지 않은데 왜 꼭 남녀 관계에서는 불길한 예감은 다 맞아떨어지는 걸까? 대체 이건 무슨 우연일까?

그 불안감을 느낀 건, 애초에 우연이 아니었기 때문이다. 거짓말을 간파해 내는 건 어렵다. 상대방이 진실을 감추려 들기 때문이다. 가령 어느 학생이 시험을 망쳤다고 가정해 보자. 그는 그 사실을 엄마에게 들키지 않으려고 할 것이다. 우편함을 뒤져서 시험 성적표를 몰래 빼돌리거나, 아직 시험 성적이 나오지 않았다고 친구와 말을 맞출 것이다. 선생님이 성적표에 부모님 서명을 받아 오라고 하면 몰래 대리 서명을 할 것이고, 부모님 면담이나 통화를 요청한다면 요즘 부모님이 바쁘셔서 어려울 것 같다고 잡아뗄 것이다. 그 밖에 모든 언어적, 비언어적 수단을 총동원해서 진실을 숨길 것이다. 그래서 부모님 입장에서는 그가 거짓말을 하고 있다는 걸 알아채기 어렵다.

그런데 연애에 대한 거짓말은 다르다. 거짓말을 하고 있는 쪽이 오히려 그 거짓말을 들키고 싶어 한다. 앞에서 말한 사례로 돌아가 보자. 나는 너에게 잘못한 게 없다. 강압적이거나 폭력적인 행동을 한 적이 없고, 돈을 안 쓴 적도 없고, 다른 여자에게 한 눈을 판 적도 없다. 그런데 너는 마음이 떴다. 내가 너를 좋아한다고 했을 때 너도 나를 좋아한다고 말했고, 그래서 우리는 연애를 시작하기로 했지만 너는 그 약속을 지키지 못하게 되었다. 나는 너와 했던 약속을 어기지 않았는데 너는 어겼다. 너는 내게 잘못을 저질렀다.

물론 최선은 진실을 말하는 것이다. 네가 나를 사랑하지 않기로 했다면 하루라도 빨리 헤어지는 게 제일 나은 길이다. 그렇게 해야 나도 너의 마음을 돌린답시고 헛수고를 하면서 시간 낭비를 하지 않을 수 있다. 하지만 그렇게 말하긴 어렵다. 너를 그토록 사랑하는 사람에게, 너를 위해 최선을 다한 사람에게, 무엇 하나 잘못한 게 없는 사람에게 그 모진 말을 어떻게 하겠는가.

그래서 너는 거짓말을 한다. 나를 사랑하지 않는, 빨리 헤어지고 싶은 너의 마음을 숨긴다. 오늘따라 잘 웃어주고, 교육 봉사 캠프에서 무슨 일이 있었는지 궁금해하고, 내가 사 온 선물을 보고 귀엽다면서 좋아한다.

하지만 마냥 그러고 있을 수는 없다. 네가 너무 리얼하게 거짓말을 해서 내가 너의 거짓말을 철석같이 믿어버린다면, 여전히 나를 사랑하는 줄 안다면 나는 내일도 모레도 너에게 데이트를 하자고 할 것이고, 너는 사랑하지도 않는 남자와 또 하루를 낭비하게 되기 때문이다.

그래서 너는 기가 막힌 방법을 생각해 낸다. 그건, 거짓말을 하되, 들킬 수밖에 없는 거짓말을 하는 것이다. 너는 내게 진실을 말하지 않는다. 날 사랑하지 않는다고 하지도, 헤어지자고 하지도 않는다. 그 대신 시그널을 준다. 답장을 몇 시간 만에 보내면서 무엇 때문에 연락을 받지 못했다거나, 늦어서 미안하다는 말을 하지 않는다. 수요일에는 선약이 있어서 만나기 어렵다고 하면서 다른 날짜를 딱히 제시하지도 않는다. 뭔가 나한테 할 말이 있는 것 같은, 무슨 잘못이라도 저지른 것 같은 표정을 짓는다. 너무 노골적이지는 않되 어렴풋이 알아차릴 수는 있을 정도로 날 사랑하지 않는다는 비언어적 메시지를 보낸다. 만약 내가 그걸 캐치한다면 먼저 헤어지자고 할 것이다. 그렇게 하면 네가 아니라 내가 널 떠난 게 된다. 그러니 너는 미안할 게 없다. 손 안 대고 코를 푼 것이다.

그러니까 상대방이 나를 사랑하지 않을지 모른다는 예감을 느꼈다면 그냥 마음을 접는 게 좋다. 그 불길한 예감은 당신에게 상처될 말을 하고 싶지 않다는, 그러니까 더 다가오지 말라는 상대방의 최소한의 배려이기 때문이다.

어장

여자들은 흔히 직진남이 좋다고 한다. 자기를 헷갈리게, 불안하게 만드는 남자가 아니라 확신과 안정감을 주는 남자 말이다.

맞는 말이다. 남녀가 사랑을 하게 되면 성관계를 맺게 되고, 그러다 보면 아이가 생기게 된다. 그런데 이 과정에서 여성은 남성보다 훨씬 많은 책임을 진다. 임신을 하는 것도, 아이를 낳는 것도, 키우는 것도 모두 여성의 몫이다. 즉, 순간의 성적 끌림으로 인해 부적절한 상대와 성관계를 맺게 되었을 때, 그로 인해 원치 않는 아이가 생겼을 때 더 큰 손해를 보는 건 여성이다. 그래서 여자는 남자만큼 누군가에게 쉽게 빠지지 않는다. 훨씬 더 많은 것들을 면밀하게 본다. 따라서 남자가 여자의 마음을 얻으려면 오랜 기간 그녀에게 헌신하면서 진실한 마음을 보여 주어야 한다. 여자들이 본능적으로 갖고 있는 아무런 책임감 없이 씨만 뿌리고 도망가는 남자들에 대한 불안감을 해소해 주어야 한다.

하지만 직진남이라고 다 되는 건 아니다. 한 가지가 전제되어야 한다. 그건 여유다. 여성이 임신과 출산, 육아를 수행하는 동안 여성을 물질적, 경제적, 심리적으로 지원해 줄 마음의 준비가 되어있지 않은 바람둥이들은 분명 여성에게 유해하다. 이런 무책임한 남자를 만난다면 여성이 낳은 아이의 생존율은 급감한다. 따라서 그 여성의 유전자가 후대에 전달될 가능성도 급감한다. 임신을 하고 아이를 낳고 기르는 동안 여성이 투자한 많은 자원들이 물거품이 되어버릴 수 있는 것이다.

하지만 바람둥이들만 여성에게 유해한 건 아니다. 찐따들도 유해하다. 찐따들은 여성을 사랑하긴 한다. 한 여성에게 오랫동안 헌신할 마음의 각오는 되어있다. 하지만 그들에겐 능력이 없다. 여성을 지켜 주고 싶어도 지켜 줄 수가 없다. 여성을 지켜 줄 능력은 있지만 지켜 줄 의지가 없는 바람둥이들이나, 지켜 줄 의지는 있지만 능력이 없는 찐따들이나 여성에게 도움이 안 되는 건 똑같다. 결국 여성이 원하는 건 자기를 지켜 줄 수 있는 힘이 있으면서, 그 힘을 자기에게만 집중해 줄 남자이지 별 가진 것도 없으면서 길 잃은 강아지처럼 옆에 붙어서 애처로운 눈빛만 보내고 있는 남자가 아니다. 그러니까 남자에겐 힘이 있어야 한다. 그리고 그것을 여유로운 태도로 표출해야 한다.

그렇기 때문에 남자는 열심히 살아야 한다. 물론 여자라고 대충 살아도 되는 건 아니지만 남자는 더더욱 열심히 살아야 한다. 수백만 년 인류 역사 동안 여성은 아이를 낳고 기르는 역할을, 남성은 여성이 그 역할을 수행할 수 있도록 물질적, 정신적으로 지원하는 역할을 수행해왔다. 우리의 본능은 그 역할에 맞춰 형성되어 왔다. 그래서 남성은 건강한 아이를 낳을 수 있는 젊고 건강한 신체를 가진 여성에 끌리고, 여성은 자신을 지켜 줄 수 있는 사회적 지위를 가진 남성에 끌린다. 여기서 젊고 건강한 신체는 타고나는 것이다. 성형수술이나 지방 흡입, 안티에이징 기술이 발달한 요즘에는 후천적 노력으로 건강하고 매력적인 신체를 만들어낼 수도 있지만 과거엔 그런 게 없었다. 시간을 되돌릴 방법도, 타고난 외모를 바꿀 방법도 없었었다. 여성에겐 주어진 운명을 바꾸기 위해 할 수 있는 게 많지 않았다. 하지만 남자는 다르다. 사회적 지위는 노력해서 바꿀 수 있다. 신대륙을 발견하건, 기상천외한 발명품이나 역사에 남을 예술품을 만들건, 반란을 일으키건 뭐라도 할 수 있다. 그러니까 남자는 노력해야 한다. 그렇게 해서 힘을 얻고, 그 힘을 표현해야 한다. 여유롭고 강해 보이는 남자의 아우라를 보여 주어야 한다.

하지만 그건 어렵다. 유사 이래 많은 남자들이 주어진 운명을 뒤바꾸기 위해, 자신만의 하렘을 거느리는 알파메일이 되기 위해 도전했지만 대부분은 실패했다. 연금술을 연구하다가 빈털터리가 되거나, 역모를 꾀하다 실패해서 구족이 멸해지거나, 신대륙을 찾아 떠났다가 식인종에게 잡아먹혔다.

그리고 설령 성공한다 한들, 높은 사회적 지위를 가진

남자가 된다 한들 그 아우라가 여자 앞에서 쉽게 발현되지는 않는다. 남자는 여자를 간절히 원한다. 그래서 도전하고 사회적 지위를 쟁취한다. 즉, 사회적 지위란 수단이고, 여자는 목적이다. 당연히 목적이 더 소중하다. 그리고 사람은 누구나 소중한 걸 잃는 걸 두려워한다. 그렇기 때문에 돈이 많은 남자라도, 많이 배우고 지위가 높은 남자라도, 자기만의 분야에서 정점을 찍은 남자라도, 그런 자신의 삶에 대해 흔들림 없는 확신을 갖고 있는 남자라도 자기가 사랑하는 여자 앞에서는 모두 수줍은 소년이 되어버린다. 여자가 무심결에 던진 말 한마디, 스쳐 가는 표정 하나에 전전긍긍한다. 여유로운 알파메일의 아우라를 발산하지 못한다. 그런 남자는 재미가 없다.

그런데 여기서 여유로운 남자가 되는 쉬운 방법이 있다. 그건 어장 관리를 하는 것이다. 사람은 누구나 소중한 걸 잃는 걸 두려워한다. 그래서 소중한 여자 앞에서는 어떤 남자건 얼어붙는다. 매력 없는 남자가 된다. 그렇다면 어떻게 하면 될까? 어떻게 해야 그녀 앞에서 긴장하지 않고 여유로운 알파메일의 바이브를 뿜어낼 수 있을까? 그녀를 소중히 여기지 않으면 된다. 소중히 여기지 않으려면 어떻게 하면 될까? 분산투자를 하면 된다. 그녀 말고도 짝짓기를 할 여자가 많다면, 그녀가 내가 거느린 하렘에 속한 수많은 암컷 중 하나일 뿐이라면 그녀 따위에게 큰 의미를 부여할 필요가 없다. 그녀가 나를 사랑하건 말건 별로 중요치 않다. 그러면 여유롭고 대범하게 행동할 수 있다. 그 여유로움에 여자는 더욱 이끌리게 된다. 여자가 많으니 여유로워지고, 그 여유로움에 여자들이 더 이끌리고, 그러면 더욱더 여유로워지는 선순환 구조가 만들어지게 되는 것이다. 그러니까 어떻게든 여자를 많이 만나야 한다.

투자와도 비슷하다. 종잣돈이 적으면 일시적인 호황과 불황에 휘둘리게 되고, 그러다 보면 장기적인 안목에서 가치 투자를 할 수 없다. 결국 손해를 보게 된다. 부가 부를 낳고, 빈곤이 빈곤을 낳는다. 연애도 마찬가지다. 여자가 많아야 더 많이 만날 수 있다.

기세

취업 준비생 시절부터 1년 정도 스피치 모임을 했다. 내가 만들고 직접 운영한 모임이었다. 모임 이름이 '말하는 대로'였는데, TV 프로그램 '말하는 대로'를 보고 아이디어를 얻어서 만들었다. '말하는 대로'는 유명한 사람들이 길거리에서 자기 삶에 대한 이야기를 하는 강연 버스킹 예능 프로그램이었다. 성공한 사람들의 이야기를 들으며 때로는 자극을 받기도 하고 평소에 생각지 못했던 것들을 깨닫게 되기도 했지만 가끔은 아쉬움이 들 때도 있었다. 사회적으로 큰 성취를 이룬 사람들의 이야기만 듣다 보면 그 정도의 성취를 이루지 못한 나 자신의 삶이 초라하고 한심하게 느껴지곤 했던 것이다. 그래서 나는 보통 사람들의 이야기를 듣고 싶었다. 성공이 아니라 실패에 대한 이야기, 확신과 열정이 아니라 두려움과 좌절, 머뭇거림에 대한 이야기, 그렇게 비틀거리면서도 어떻게든 앞으로 나아가려고 발버둥 치는 보통 사람들의 이야기를 듣고 싶었다. 그런 이야기들도 성공한 사람들의 이야기만큼이나 가치 있을 거라고 믿었다. 그래서 이 모임을 만들었다.

하지만 모임은 내가 의도했던 대로 굴러가지 않았다. 다들 자기 잘난 얘기만 하기 바빴다. 이런 것이었다. 모임에 중고차 딜러를 하던 친구가 있었는데, 그 친구는 나올 때마다 돈에 대한 이야기를 했다. 자기가 얼마나 힘든 상황에서 살아왔고, 그 상황을 극복하기 위해 얼마나 열심히 일했고, 그래서 지금은 돈을 얼마나 벌고, 지점에서 몇 등을 찍었고, 그래서 얼마나 행복하고, 하는 이야기였다.

솔직히 한심하다고 느꼈다. 자기 삶에 대한 성찰이 느껴지지 않았기 때문이다. 그런 식이라면 나도 할 말이 얼마든지 있었다. 나는 어려서부터 공부를 잘했다. 그래서 인정받았다. 모든 칸이 1로 도배된 수능 성적표를 받았을 때, 스카이라고 불리는 대학 중 하나에 들어갔을 때 세속적 의미에서 내 가치는 정점을 찍었다. 그 친구는 학창 시절 탈선을 했다가 그걸 딛고 일어난 이야기를 자랑스럽게 했지만 나는 그런 경험을 할 일 자체가 없었다. 나는 언제나 엘리트였고 언제나 선생님들의 총애와 친구들의 부러움을 받아왔기 때문이다. 그때였으면 나는 그런 친구하고는 겸상도 안 했다. 그랬던 내가 그 친구의 이야기를 귀담아들었던 건 나는 학벌 따위로 사람을 줄 세우는 속물적인 인간이 아니었기 때문이다. 세상으로부터 주입된 학력, 그리고 그 연장선 상에 있는 사회적 지위라는 가치 이외에 세상에는 무수히 다양한 가치들이 있다는 걸 알고 있었기 때문이다. 그런데 그 친구는 그 많은 가치 중 하나인 돈을 좀 벌었다는 걸로 어깨에 힘주고 다니고 있다. 이미 학력이라는 또 다른 가치에서 정점을 찍어본, 그 덧없음을 느껴본 내 입장에서는 유치해 보일 뿐이었다.

그래서 나는 반대의 이야기를 했다. 면접에서 어떤 이야기를 했다가 떨어졌는지, 어떻게 하다가 연애에 실패했는지, 부모님과 어떤 갈등을 겪었는지에 대한 이야기를 했다.

자랑할 게 없어서 그랬던 것도 아니고, 자존감이 낮아서 그랬던 것도 아니었다. 그게 진짜 멋있다고 생각해서 그 이야기를 했던 것이었다. 당시에 나는 취업을 하지도 못했고, 사랑에도 실패했다. 세속적인 관점에서 본다면 나는 실패자였다. 하지만 그 이면의 의미를 생각한다면 그렇지 않았다. 면접과 서류에 수도 없이 떨어졌지만 여전히 내겐 하고 싶은 일과 그것을 통해 이루고 싶은 꿈이 있었고, 그것을 위해 계속 도전하고 있었다. 나는 사랑에 실패했지만 언젠가는 누군가와 진실한 마음을 나눌 수 있게 되길 간절히 바라고 있었다. 내가 현실과 불협화음을 일으키고 있다는 건 그 현실을 극복하기 위해 노력하고 있다는 뜻이기도 했다. 나는 사람들이 그걸 알아주길 바랐다. 보통 사람들만이 할 수 있는 이야기란 그런 거라고 생각했다.

그런데 사람들의 생각은 달랐다. 그 친구가 돈 많이 벌었다는 이야기를 하면 모두들 멋있다, 부럽다, 하면서 환호를 보냈고, 내가 실패와 좌절, 망설임에 대한 이야기를 하면 무슨 반응을 보여야 할지 몰라 난감해했다. 언젠가 모임을 마치고 사람들과 술을 마시는데 누군가 내게 이런 말을 했다. "현민 씨, 여자들 앞에서도 그렇게 해요? 여자랑 다 금방 헤어졌다느니 그런 말 하지 말아요. 무슨 성기능에 문제 있는 줄 알아요."

> "시험이라는 게 뭐야? 앞으로 치고 나가는 거야. 그 흐름을, 그 리듬을 놓치면 완전 꽝이야. 24번 정답? 관심 없어. 나는 오로지 네가 이 시험 전체를 어떻게 치고 나가는가, 어떻게 장악하는가 거기에만 관심 있다. 실전은 기세야 기세. 알겠어?"
>
> – 영화 <기생충>

그때 느낀 건 사람들은 말의 내용이 아니라 말하는 사람의 기세를 듣는다는 것이었다. 원시인들의 주변에는 지금보다 훨씬 많은 위협들이 도사리고 있었다. 당시에는 맹수의 습격으로부터 우리를 보호해 줄 무기도, 자연재해로부터 보호해 줄 집도, 다른 원시 부족들의 습격으로부터 보호해 줄 군대나 경찰, 법도 없었다. 그러니까 남자가 중요했다. 법도, 국가도, 전기 충격기도, 호신용 스프레이도 없었던 원시 사회에서 힘이 약했던 여자는 남자의 보호를 받지 않고서는 혼자 살아남을 수 없었다. 그래서 인류의 오랜 진화 과정에 걸쳐 여자는 강한 남자와 약한 남자를 구별하는 눈을 발달시켰다. 그 본능은 오늘날까지도 변하지 않았다. 그래서 여자들은 강렬한 포스, 즉 기세를 가진 남자에게 본능적으로 끌린다.

그런데 기세와 생각의 깊이는 대개 반비례한다. 세상사는 양면적이다. 무엇도 절대적으로 옳지 않다. 연애를 할 때 내 마음만 일방적으로 표현하다 보면 상대방이 부담스러워할 수 있고, 그렇다고 의도적으로 거리를 두다 보면 상대방이 내 마음을 아예 알지도 못하게 된다. 회사일을 할 때는 신상필벌을 확실히 하는 게 좋지만 지나치게 엄격한 규율은 구성원의 창의성을 저해하기도 한다. 배움과 생각이 깊은 사람들은 이 점을 알고 있다. 그래서 자기 의견을 강요하지 않는다. 타인의 생각도 내 생각만큼 타당할 수 있다는 걸 인정한다. 하지만 그런 모습은 자칫 우유부단함으로 비칠 수 있다. 여자에게 의견을 묻고 그 의견을 자기 의견만큼 동등하게 존중하려는 모습이 자기 생각과 행동에 확신을 갖지 못하는 모습으로 보일 수 있다.

그런데 생각과 배움이 짧은 사람들은 그렇게 하지 않는다. 이거 먹자, 여기 가자 딱딱 정해준다. 타인과 의견이 부딪힐 때는 화를 내고 언성을 높여서라도 자기 생각을 관철시키려 한다. 그건 분명 지적이고 세련된 모습은 아니다. 하지만 적어도 그들에게는 확신이 있다. 자기 의견이 세상의 수많은 의견들 중 하나일 뿐이라는 걸, 자기가 틀리고 남들이 맞을 수도 있다는 걸 모르기 때문에 망설이지 않는다. 기세가 있다. 여자들은 그 기세로부터 느껴지는 강한 수컷의 향기에 이끌리게 된다.

그러니까 생각을 많이 하지 않는 게 좋다. 책을 읽거나 토론을 하는 것도 해롭다. 굳이 필요하다면 재테크나 회사 업무, 자격증에 대한 책 정도만 읽는 게 좋다. 지식과 생각이 깊은 건 여자 만날 때 별로 좋은 게 아니다. 소위 말하는 문신돼지국밥충들이 예쁜 여자를 옆구리에 끼고 다니는 건 우연이 아니다.

먹버

경제학에는 매몰 비용이라는 개념이 있다. 이미 잃어버려서 되찾을 수 없는 비용을 의미한다. 가령 1박에 20만 원짜리 호텔을 예약했다고 가정해 보자. 호텔 규정에 따르면 일주일 전에 예약을 취소하면 전액을 돌려받을 수 있고, 5일 전에는 70%, 3일 전에는 50%, 그 이후로는 아예 돌려받을 수 없다고 한다. 이때 일주일 이전에 호텔 예약을 취소한다면 매몰 비용은 없다. 전액을 돌려받았기 때문에, 잃어버려서 되찾을 수 없는 비용이 없는 것이다. 한편 5일 전에 한다면 매몰비용은 30%다. 70%만 돌려받았기 때문에 나머지 30%는 돌려받을 수 없는 매몰 비용이 된다. 만약 하루나 이틀 전에 했다면 100%다. 한 푼도 돌려받을 수 없다.

경제학에서 전제하는 합리적 인간은 의사 결정을 할 때 매몰 비용을 고려하지 않는다. 10%의 확률로 10만 원을 따고, 90%의 확률로 3만 원을 잃는 도박을 가정해 보자. 이 도박의 기댓값은 0.1 × 100,000 + 0.9 × (-30,000) = -1.7만 원이다. 즉, 이 도박은 하면 할수록 돈을 잃는 게임이다. 10판을 하면 17만 원, 100판을 하면 170만 원을 잃게 될 것이다. 그러니까 하면 안 된다. 하지만 이미 이 도박을 하다 1,000만 원을 날린 상태라면 얘기는 달라진다. 날린 돈을 되찾기 위해서라도 계속 도박에 매달리게 된다. 그러다 보면 손실은 2,000만 원, 3,000만 원 눈덩이처럼 불어난다.

매몰 비용을 긍정적인 방향으로 활용하는 사람들도 있다. 대기업에 들어간 사람들 중에는 일부러 마이너스 통장을 만들거나 외제차를 사는 사람들이 있다. 일단 큰돈을 쓰고 나면 회사 생활이 아무리 힘들어도 할부금을 다 갚을 때까지는 꾸역꾸역 다니게 된다는 것이다. 이건 경제학적으로 합리적인 사고는 아니다. 차는 소모품이다.

타고 다닐수록, 아니, 그냥 주차장에 세워 놓기만 해도 감가상각이 일어난다. 중고차로 내놓아도 가격이 쭉쭉 떨어진다. 그 격차는 매몰 비용이다. 돌려받을 수 없다. 그러니 고려하지 말아야 한다. 회사 생활을 계속할지 말지를 결정할 때는 회사 생활 자체를 통해 발생하는 손해와 이익만을 고려해야 한다. 하지만 다른 직장을 새로 구하기 어려운 상황이거나, 부양가족이 있어서 회사를 쉽사리 그만둘 수 없는 상황이라면 달라질 수도 있다. 매몰 비용에 매달리는 인간의 비합리적인 심리를 이용해서라도 회사에 남아있는 게 더 도움이 되는 일일 수 있다.

추억은 가슴에 묻고 지나간 버스는 미련을 버려.

– 영화 <내부자들>

매몰 비용의 원리는 남녀 관계에서도 활용될 수 있다. 주변 친구들과 연애 이야기를 하다 보면 일단 술을 먹여서 모텔에 데려가고 따먹으라는 조언을 많이 듣곤 했다. 그러고 나면 이전에는 도도하고 까칠하고 표현도 잘 안

하던 여자들도 먼저 애교 부리고 살갑게 대하게 되어서 연애하기가 더 쉬워진다는 것이다.

왜 그런 걸까? 왜 남녀 관계는 섹스를 기점으로 역전되는 걸까? 왜 섹스하기 전에는 여자가 갑인데 하고 나면 남자가 갑일까? 여자에게는 섹스가 매몰 비용이기 때문이다. 섹스, 그리고 그 연장선상에 있는 번식에서 여성은 남성보다 많은 자원을 투자한다. 그렇기 때문에 여성은 남성에 비해 파트너를 철저히 검증해야 한다. 남자들처럼 아무에게나 연락처를 묻고, 클럽이나 헌팅 포차에서 원나잇을 즐기다가 무책임하고 무능한 남자의 아이를 임신하게 된다면 여자가 투자한 많은 자원은 수포로 돌아가게 된다. 그래서 우리의 문화는 여성에게 조신함을 요구한다. 성 경험이 많은 남자는 알파메일, 능력자로 추앙받지만 성 경험이 많은 여자는 헤픈 여자, 창녀, 걸레 취급을 받는다. 남녀가 섹스만 하고 사귀지 않았거나, 사귀었지만 금방 헤어진 경우 여자는 먹버(먹고 버리다의 준말) 당했다며 괴로워하지만 남자의 친구들은 "그래서, 섹스는 했냐?"라고 묻고, 남자는 뿌듯해하며 했다고 대답한다. 그렇기 때문에 여자에게 섹스란 매몰 비용이다. 임신이나 성병의 위험, 아이를 낳음으로써 생겨나게 될 많은 책임들, 헤픈 여자라는 비난과 조롱을 감내해야 하는 일이다.

그 심리를 이용한다면 편하고 즐거운 연애를 할 수 있다. 매몰 비용이 없을 때 사람들은 당장의 이익과 손해만을 고려한다. 여자도 마찬가지다. 자기가 남자에게 해주는 것 이상의 것을 받으려 한다. 남자는 당연히 더 자주 연락하고, 더 많은 돈을 쓰고, 더 매너 있게 행동해야 한다. 하지만 매몰 비용을 박아 두면 달라진다. 남자와의 관계에서 자기가 계속 손해를 보게 되더라도 이미 지불해 놓은 매몰 비용이 아까워서 쉽사리 헤어지자고 하지 못하게 된다. 연락을 자주 안 해도, 돈을 많이 안 써도 오히려 매달리게 된다. 마이너스 통장을 뚫어 놓은 대기업 신입사원처럼 말이다.

그러니까 일단 섹스를 해야 한다. 한 번만 해 달라고 애걸복걸 매달리건, 술의 힘을 빌리건, 비싼 선물과 감언이설로 구워삶건 뭐라도 해야 한다. 투자할 수 있는 모든 걸 투자해야 한다. 어떻게 해서든 일단 섹스를 하고 나면 여자로부터 그 이상 뽕을 뽑을 수 있기 때문이다.

본능

메갈리아 사태와 강남역 살인 사건 이후 나는 한동안 페미니즘에 깊은 관심을 갖고 있었다. 페미니즘이 단순히 남자가 가진 걸 빼앗아서 여자에게 퍼 주자는 사상이 아니라는 걸 알았기 때문이다. 세상의 모든 것들은 유한하다. 그렇기 때문에 한 사람이 무언가를 더 가지려면 다른 사람으로부터 빼앗아와야 한다. 그런데 사람들은 다들 더 많이 갖고 싶어 한다. 자기가 가진 것을 떼어서 남 주고 싶어 하는 사람은 없다. 그래서 남녀는 끊임없이 자기의 고통을 부풀리고 남의 고통을 후려치면서 싸운다. 남자는 여자를 속물, 김치녀라고 비난하고, 여자는 남자를 잠재적 성범죄자라고 비난한다. 결국 더 달라는 거다. 내가 약자고 선이라야 강자이며 악인 저들의 것을 합법적으로 뺏어 올 수 있기 때문에 남녀는 서로 자기가 선이고 약자라며 목소리를 높이는 것이다.

하지만 꼭 그래야만 하는 건 아니다. 다른 방법도 있다. 남자와 여자는 함께 행복해질 수 있다. 남녀의 고통은 서로 연결되어 있기 때문이다. 세상 모든 것들에는 양면성이 있다. 검소함이 지나치면 인색함이 되고, 자존감이 지나치면 자아도취가 된다. 그래서 모든 것들은 조화를 이루어야 한다. 검소하되 인색하지 않아야 하고, 스스로를 긍정하되 자아도취에 빠지지는 말아야 한다. 남녀도 마찬가지다. 음이 있으니 양이 있고, 남편이 바깥일을 하기 때문에 아내는 집안일을 하고, 엄한 아버지가 있으니 자애로운 어머니가 있는 것이다.

하지만 문제가 있다. 이러한 성 역할 고정 관념이 개인의 개성과 상관없이 타고난 성별에 의해서만 부여된다는 점이다. 아이를 키우고 남편 내조를 하는 것보다 사회적 성취를 이루는 것에서 더 큰 행복을 느끼는 여자도 있고,

도전하고 경쟁하는 것보다 공존과 평화를 원하는 남자도 있는데 성 역할 고정 관념은 이러한 개개인의 사정을 감안해 주지 않는다. 남녀의 고통은 여기에서 야기된다. 남자 혹은 여자라는 이유로 자기의 타고난 기질에 맞지 않는 성 역할을 억지로 수행해야 한다.

그러니까 한쪽의 고정 관념이 사라지면 다른 쪽의 고정 관념도 같이 사라질 수 있다. 자기 분야에서 남자들과 당당히 경쟁해서 성과를 내고 높은 사회적 지위를 쟁취하는 여자들이 많아지면 여자는 남편 내조와 아이들 육아를 하며 안정적으로 살아야 한다는 고정 관념이 사라지고, 그 반대급부로서 남자는 큰 야망을 갖고 성과를 내야 한다는 고정 관념도 사라진다. 그러면 남자들이 여자보다 데이트 비용을 많이 내고, 집을 해와야 한다는 고정 관념도 사라지게 된다. 남녀는 함께 행복해질 수 있는 것이다.

나 역시 이러한 페미니즘의 이상을 현실에서 실천해 보려는 시도들을 해본 적이 있다. 데이트 비용을 반반씩 내자고 해본 적도 있고, 내 마음을 먼저 표현하기보다 여자가 다가와 주길 기다렸던 적도 있고, 나의 감정적 결핍들을 솔직하게 털어놓은 적도 있다. 하지만 그렇게 해서 잘 된 적이 없다. 좋은 사람인 것 같긴 하지만 남자로서 설렘이 느껴지지는 않는다는 대답만이 돌아오곤 했다. 심지어 페미니스트를 자처한다는 여자들조차 그랬다. 직장이나 학교에서는 어땠는지 모르겠지만 적어도 연애 관계에 있어서만큼은 여자들은 철저히 여성스러웠다. 좀 튕겨도 남자가 남자답게 확 끌어당겨 주길, 원하는 걸 직접 말하지 않아도 남자가 센스 있게 눈치채 주길 바랐다.

그때 내가 생각하지 못했던 건 인간의 본능은 그렇게 쉽게 변하지 않는다는 것이었다. 사랑은 본능적 끌림이다. 그리고 인간의 본능은 자연선택이라는 과정을 통해 진화되어왔다. 분명 태초에는 지금보다 더 다양한 인간들이 있었을 것이다. 호색적이고 경쟁심과 호기심이 넘쳐나는 여자도 있었을 것이고, 조신하고 수줍어하는 성향의 남자들도 있었을 것이다. 그들 중 이성이 선호하는 특질을 가진 이들은 이성과 결합해서 자기의 유전자를 후대에 전달했을 것이고, 나머지는 그리하지 못했을 것이다. 그게 반복되었다. 유구한 역사 동안 무수한 세대를 거치며. 남성과 여성의 본능은 그렇게 만들어졌다.

성 역할에 대한 고정 관념이 쉽게 바뀔 수 없는 건 그래서다. 남자는 조신하고, 애교 있고, 순종적인 여자를 좋아하고, 여자는 리더십 있고, 강하고, 야망이 있는 남자를 좋아한다. 이건 단순한 선호가 아니다. 태초의 인류였던 오스트랄로피테쿠스가 등장한 이래 지금까지 200만 년에 걸쳐 서서히 형성되어 온 인간의 본능이다. 그건 페미니즘이 어쩌고 하는 그럴싸한 말로 바꿀 수 있는 게 아니다. 남성성과 여성성에 대한 편견을 없애겠다는 건 10년 넘게 하루 한 갑씩 피워온 담배를 하루 이틀 만에 끊겠다고 하는 것만큼이나 우스운 일이다.

그러니까 남자답게 굴어야 한다. 근육을 키우고, 돈을 벌고, 비싼 차를 사야 한다. 어떤 상황에서도 자신감과 호전성을 잃지 말아야 하고 여자 앞에서 약한 모습을 보이지 말아야 한다. 그런 모습을 받아줄 여자, 나약하고 자신감 없는 당신을 지켜줄 신여성은 적어도 향후 200만 년이 더 지나가기 전까지는 나오지 않을 것이기 때문이다.

극찬

내면은 중요치 않다, 최대한 허세를 부려야 한다, 한 여자만 만나면 안 된다, 착하고 매너 있게 행동해 봐야 소용없다, 안될 것 같으면 접어라, 어떻게든 섹스를 해라 등등. 숱한 실패를 통해 내가 만들어낸 연애에 대한 지침들이다. 이 지침들은 하나같이 세상에서 통용되는 연애 상식에 반하는 것들이다. 특히 여성들에게 매우 불편하게 들릴 법한 이야기들이다.

그렇기 때문에 이 글을 읽고 있는 당신은 고개를 갸우뚱할 것이다. '남자는 여자의 마음을 얻어야 하는 입장인데, 오히려 여자들이 싫어하는 행동을 해야 한다고?'

이 질문에 답하려면 먼저 사랑이 뭔지를 규정해야 한다. 일반적으로 욕은 부정적인 의미다. 부모나 배우자에게 욕을 먹거나, 군대 고참이나 후임들에게 욕을 먹거나, 회사 동료들에게 욕을 먹는 건 그가 가족으로서, 고참이나 후임으로서, 동료로서 역할을 제대로 하지 못하고 있다는 의미다.

하지만 욕이 늘 부정적 의미인 건 아니다. '극찬'일 때도 있다. 스타크래프트 전 프로게이머 출신 유튜버 중에 변현제라는 선수가 있다. 프로토스 유저인데, 실력도 대단하지만 게임을 참 얄밉게 한다. 톱클래스 수준의 게이머들을 상대로 포톤 캐논 러시나 쉴드 배터리 러시 등 한 수 아래의 상대에게 농락용으로나 쓸 법한 전술을 쓰고, 하이템플러나 리버, 다크템플러를 활용한 견제 플레이로 상대방의 혼을 빼놓는다. 그의 플레이에 당한 상대 선수들은 GG를 치면서 이렇게 소리 지른다.

"아, 이 새끼 게임 개같이 하네."

브라질의 축구 선수 네이마르는 현란한 발재간의 소유자다. 그가 상대를 약 올리려는 듯 묘기에 가까운 기술을 선보이면 수비수는 열받아서 몸을 밀치거나 태클을 건다. 그러면 네이마르는 아파 죽겠다는 듯 운동장을 데굴데굴 구른다. 그러면 심판은 수비수에게 옐로카드를 주고, 네이마르에게는 프리킥 기회를 준다. 분명 당하는 상대 입장에선 열받을 것이다. 브라질 말로 뭐라고 하는지는 잘 모르겠지만 아마 속으로 "아, 이 새끼 축구 개같이 하네." 하는 말이 절로 나올 것이다.

여기서 상대 선수들은 변현제나 네이마르를 보며 욕을 한다. 하지만 여기서 욕은 칭찬이다. 변현제가 스타크래프트를, 네이마르가 축구를 기가 막히게 잘한다는 뜻이다. 그들을 상대하기가 욕 나올 정도로 곤혹스럽다는 뜻이다.

핵심은 관계다. 가족이나 군대 선후임, 회사 동료는 공동의 목표를 이루기 위해 협력하는 관계다. 내가 잘해야 공동의 목표가 이루어지고, 그래야 나도 행복해질 수 있다. 그러니 상대방에게 욕먹을 짓을 하면 안 된다. 서로에게 도움이 되어야 한다. 반면 스타크래프트나 축구 경기는 경쟁이다. 내 병력이 줄어들수록 상대의 힘은 강대해지고, 내가 골을 먹힐수록 상대는 승리에 가까워진다. 남의 불행은 나의 행복이다. 그러니 상대방을 불행하게 만들어야 한다. 욕 나올 정도로 말이다.

사랑도 마찬가지다. 만약 사랑이 남녀가 힘을 합쳐서 공동의 행복을 만들어가는 과정을 의미한다면 남녀는 서로를 배려해야 한다. 상대방에게 욕먹을 짓을 하면 안 된다. 하지만 경쟁이라면, 상대방을 희생시켜서 내 욕망을 충족시키는 행위라면 다르다. 상대방이 나를 욕한다는 건 내가 그만큼 관계에서 이득을 봤다는 뜻이다. 연애를 영리하게 잘했다는 뜻이다.

과거에 내 생각은 전자였다. 어느 드라마에 나오는 것처럼, 중앙선을 넘어 달려오는 트럭으로부터 그녀를 지키기 위해 몸을 던지고, 불치병에 걸린 그녀를 위해 내 생명을 내어주는 그런 사랑을 꿈꿨다. 너의 행복이 나의 행복이기에, 너를 행복하게 해주기 위해서는 뭐든지 할 수 있을 거라고, 아니, 해야만 한다고 생각했다. 그럴 각오가 되어있지 않다면 그건 진실한 사랑이 아니라고 믿었다.

그런데 점점 그게 아니라는 생각을 갖게 되었다. 나는 너를 오랜 시간 동안 그리워했다. 너를 잊지 않기 위해 나 자신을 끊임없이 괴롭혔고, 글로 남겨서 박제해두기까지 했다. 그런데, 네가 그걸 원했을까? 내가 이러고 다녔던 걸 네가 알면 기뻐할까? 아마 아닐 것이다. 소름 돋는다며 치를 떨었을 것이다. 어쩌면 신고를 했을지도 모른다. 스토커라며. 그런데 난 왜 그랬을까?

결국 나는 네 행복 따위 안중에도 없었던 거다. 내가 너의 행복을 바랐다면 나는 너를 잊었어야 했다. 다시는 네 삶에 개입하려는 작은 시도조차 하지 않았어야 했다. 나의 존재는 너에게 마이너스였기에. 너에게 난 없느니만 못한 사람이었기에. 하지만 나는 그렇게 하지 않았다. 내가 사랑이라 생각했던 게 너에겐 집착과 광기로밖에는 보이지 않았을 거라는 걸 인정하지 못했다. 행복해지고 싶었기 때문이다. 내 사랑은 너에게 짐일 뿐이었다는 차가

운 진실을 직면하는 것보다 내 사랑은 진짜였다는, 나는 이 속물적인 세상에서 살아가기에 너무 순수하고 고고하고 진실한 인간이었다는 환상 속에 빠져 사는 게 그나마 나았기 때문이다. 결국 나는 내 행복밖에는 관심이 없었던 것이다.

원래 사랑이란 그런 것이다. 왜 사람은 잠을 안 자면 졸린가? 잠을 자야 생명을 이어 나갈 수 있기 때문이다. 왜 사람은 배고픔을 느끼는가? 밥을 먹어야 생명을 이어 나갈 수 있기 때문이다. 그럼 왜 사람은 사랑하고 사랑받고 싶어 하는가? 사랑을 해야 섹스를 하고, 그래야 내 유전자를 후대로 전달할 수 있기 때문이다. 결국 사랑의 본질은 번식욕이다.

그리고 번식욕은 지극히 이기적이다. 남자는 최대한 많은 여자와 가벼운 관계를 맺으며 널리 씨를 뿌리길 원한다. 한편 여자는 한 명의 강하고 우월하고 헌신적인 수컷과 오랫동안 안정적인 관계를 만들어 나가길 원한다. 물론 소위 말하는 낭만적이고 진실한 사랑에 부합하는 건 여자 쪽이다. 하지만 그 이면을 보면 그렇지 않다. 번식이라는 목표를 이루기 위해 남자는 씨만 뿌리면 되지만 여자는 임신과 출산, 육아라는 장기 투자를 해야 하기 때문에 본능적으로 자신을 오랫동안 지켜 줄 남자를 원하는 것일 뿐이다. 이 목표를 이루기 위해 남녀는 서로를 속인다. 남자는 돈이 많은 척, 강한 척, 매너와 배려심이 있는 척한다. 여자는 화장을 하고 다이어트를 하고 애교를 부려서 어리고 사랑스러운 여자인 척한다. 그렇게 상대를 유혹해서 자기 이득을 취한다. 남자는 여자의 성을, 여자는 남자의 물질을 취한다. 남자는 달콤한 말로 여자를 유혹해서 침대로 데려가고, 여자는 남자로부터 명품백을 선물 받고 근사한 식사를 대접받는다.

사랑이란 결국 그것밖에 안 되는 것이다. 로맨스 영화나 사랑 노래에 나오는 달콤한 문장들은 다 거짓이다. 사랑하는 이를 위해 세상 뭐든 해줄 수 있을 것처럼 말하지만 그건 그 사람과의 관계를 통해 얻어낼 내 쾌락에 대한 비용을 지불하겠다는 말에 불과하다. 인간은 누구나 이기적이다. 사랑이라는 관계에 있어서조차 그렇다.

그러니까 이왕에 사랑을 할 거라면 내 이득이라도 확실하게 챙겨야 한다. 여자라면 최대한 돈 많은 남자를 만나서 단물을 쪽쪽 빨아먹어야 하고, 남자라면 쭉쭉빵빵한 여자를 만나서 원 없이 따먹어야 한다. 그게 사랑의 민낯이다. 그 외의 것들은 위선에 불과하다.

그러니까 만약 어떤 여자가 된장녀, 김치녀, 속물이라는 소리를 듣는다면, 남자가 쓰레기, 난봉꾼이라는 소리를 듣는다면 그건 욕이 아니다. 극찬이다. 욕 나올 정도로 똑똑한 연애를 하고 있다는 뜻이다.

위악

신입 사원 때 여자 동기 중 하나가 남자 친구에 대한 고민을 털어놓았던 적이 있다. 남자 친구가 자기에게 화가 난 것 같은데 왜 화가 났는지 솔직히 말하지도 않고, 그렇다고 화를 풀지도 않는다는 것이었다. 그래서 난 그 남자 친구의 불만이 무엇인 것 같냐고 물어봤다. 그래서 여자 동기는 이런저런 이야기를 했다. 그런데 듣고 있던 남자 동기가 말했다. "야! 그냥 가서 술이나 한잔하고, 잠이나 자. 남녀 사이엔 그저 떡 한 번 치면 다 풀리는 거다. 떡정이 최고란 말이 괜히 있는 게 아니야."

화가 났다. 당사자인 여자 동기도 가만있는데 엉뚱하

게 내가 열불이 났다. 하지만 티를 내진 않았다. 그리고 이내 우울해졌다.

아이러니한 일이다. 사랑의 본질은 성욕이다, 그러니까 일단 섹스를 하고 봐야 한다, 그러면 오히려 여자가 더 매달린다, 다 내가 앞에서 했던 말이다. 저 말을 한 남자 동기와 내 생각은 별로 다르지 않다. 그러니까 저 말을 듣고 내가 우울해하는 건 말이 안 된다. 맞장구를 치거나, 흐뭇해 하면서 듣고 있었어야 한다. 그런데 나는 그 말을 듣고 화를 냈다. 아니, 감히 화를 내지도 못했다. 그냥 나도 그렇게 생각하는 척, 무슨 말인지 다 이해하는 척 어색하게 웃고 있었다.

사실 나는 사랑이 하고 싶었기 때문이다. 20년 전, 처음 사랑이란 감정을 느꼈을 때도 그랬다. 당시 나는 공부를 잘하는 학생이었다. 부모님의 사랑과 선생님의 총애를 받았으며 친구들의 부러움을 샀다. 내 앞길이 탄탄대로일 거라는 것에는 의심의 여지가 없었다. 하지만 네가 나를 사랑하지 않는다는 걸 알았을 때 그 모든 건 무의미해졌다. 뒷골목에서 담배나 피우고 앞니 사이로 침이나 찍찍 뱉어 대는 양아치 새끼들처럼 되어서라도, 이후의 내 삶을 모두 걸어서라도 단 한순간이라도 널 갖고 싶었다. 하지만 그 바람은 이루어지지 않았다. 후에도 그랬다. 중학생 때 처음 좋아했던 갈색 단발머리 소녀와는 다신 만날 수도 없는 원수지간이 되어 버렸고, 고등학생 때 좋아했던 여자는 대학 가고 나서 교제하자고 해놓고 다른 남자가 생겨버렸고, '너'는 아예 연락처를 차단해버렸다. 내가 부재중 전화를 100통쯤 한 것도 아닌데, 장문 카톡을 보낸 것도, 집 앞에 찾아간 것도 아닌데. 최선을 다했지만 결과는 늘 최악이었다.

그런데 주변을 둘러보면 그렇지 않았다. 별로 최선을 다하지 않는 것 같은데 결과는 늘 잘 풀렸다. 어제는 나이트에서 누굴 따먹었네, 적당히 섹파로만 지내고 싶은데 사귀자고 매달려서 피곤하네, 여자 친구가 너무 섹스를 밝혀서 힘들어 죽겠네, 하는 얘기들뿐이었다. 나에겐 너무나 어려웠던 것들이 저들에게는 너무 쉬웠다.

생각할 수 있는 이유는 두 가지였다. 노력이 부족했거나, 방법이 잘못되었거나. 첫 번째 이유는 너무 잔혹했다. 나는 충분히 노력했다. 좋은 말만 하고 좋은 모습만 보이려고 했다. 내 감정을 강요하지 않았고, 너의 입장을 헤아리고 배려했다. 상처를 받아도 내가 받았고 손해를 봐도 내가 봤다. 내가 좋아서 선택한 길이니까 다 내가 감내했다. 그런데 덜 노력하는 저들에 비해 항상 결과가 안 좋았다. 그건 아마 내가 부족하기 때문이었을 것이다. 부족하니까 남들 한 발 걸을 때 두 발 걸어야 하는 것일 게다. 그래, 좋다. 그렇다 치자. 그런데 얼마나 더? 도대체 언제까지? 내가 그 정도로 부족한 인간인가? 도대체 얼마나 노력해야 온전한 사랑을 할 수 있는 건가?

두 번째도 받아들일 수 없었다. 세상일은 노력만으로 되는 게 아니다. 축구공을 찰 때도, 수영을 할 때도, 노래를 부를 때도 힘을 빼야 오히려 잘 된다. 요령이 있으면 힘을 덜 써도 되고, 그러면 능률이 높아진다. 그러니 나도 요령을 배우면 된다. 주변에 연애 잘하는 친구들한테 배우든지, 픽업 아티스트 강좌를 보고 따라 하든지 하면 된다. 하지만 그럴 순 없었다. 그러기에 사랑은 너무나 중요한 문제였기 때문이다. 안 먹어본 과자나 아이스크림을 먹는 거라든지, 평소와 다른 길로 출퇴근을 하는 정도의 도전이라면 나도 얼마든 할 수 있었을 것이다. 그건 별로 중대한 일이 아니기 때문이다. 실패해도 잃을 게 없기 때문이다. 하지만 사랑은 내게 너무 중요했다. 그 소중한 걸 걸고 모험을 할 수는 없었다. 질투심을 유발하려다, 밀당을 하려다, 선섹후사(먼저 섹스를 하고 후에 사귐)를 하려다 실패하면 어쩌지? 날 떠나버리겠다고 하면 어쩌지? 다른 여자를 만나면 된다고? 하나 만나기도 이렇게 어려운데 어떻게 둘을 만나? 차마 나는 그 모험을 할 수 없었다.

결국 나는 어느 길로도 갈 수 없었다. 그래서 제3의 방법을 택했다. 그건 사랑의 가치를 폄하하는 것이다. 사랑이란 원래 별것 아닌 것이다. 그냥 성욕일 뿐이다. 수컷에겐 젊고 쭉쭉빵빵한 암컷들을 한 트럭씩 거느리고 싶은 욕망이 있고, 암컷에겐 강하고 우월한 알파메일로부터 보호받으면서 안락한 삶을 누리고 싶은 욕망이 있을 뿐이다. 로맨스 영화나 소설에 나오는 예쁘고 달달한 사랑 같은 건 그냥 그 추악한 욕구에 그럴싸한 포장을 덧씌운 것에 불과하다. 그렇게 믿기로 했다. 그렇게 해야 상처받지 않을 수 있었다.

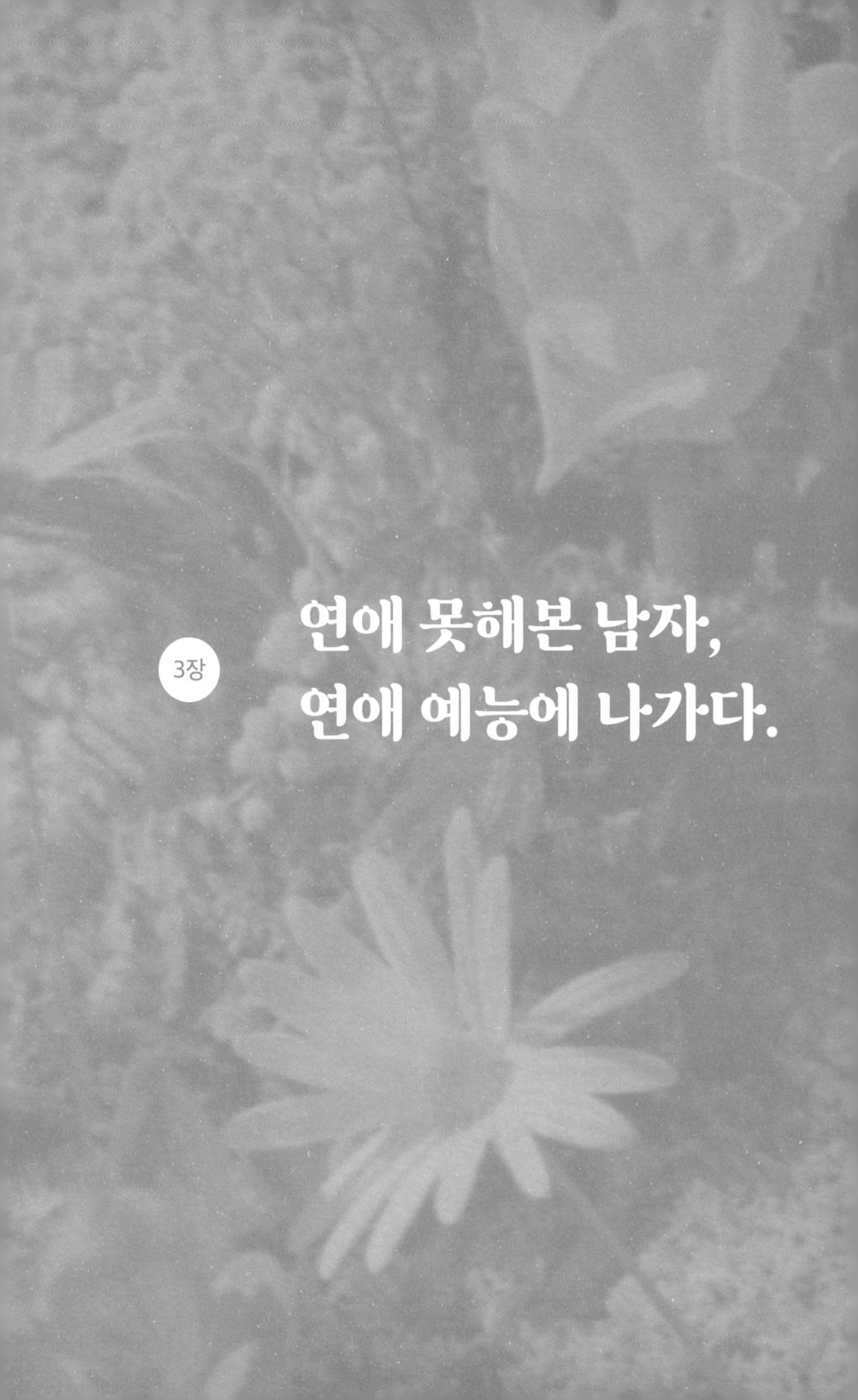

3장

연애 못해본 남자, 연애 예능에 나가다.

나솔

그러던 어느 날 청주에 있는 친구네 집에 놀러 가게 되었다. 피자 한 판을 시켜 놓고 넷플릭스 영화를 보려고 하는데 친구가 갑자기 오래전에 했던 TV 프로그램 '짝'을 보자고 했다.

나는 그런 걸 왜 보냐고 물었다. 내 기억 속에 '짝'은 재미없는 프로그램이었기 때문이다. 배우나 아이돌들처럼 잘생기고 예쁜 사람들이 나오는 것도 아니고, 개그맨처럼 웃긴 사람들이 나오는 것도 아니고, BBC 다큐멘터리나 할리우드 블록버스터 영화처럼 영상미가 끝내주는 것도 아닌데 이런 프로그램을 뭐 하러 보나 싶었다.

그리고 그날 밤, 나는 앉은 자리에서 6시간 동안 짝을 정주행 해버렸다. 정말이지 미친 듯이 재밌었다. 짝이 방송되던 당시, 나는 20대 초반이었다. 짝에 나오던 결혼 적령기 남녀들과는 나이 차이가 많이 났다. 그래서 그들의 생각과 행동에 공감할 수 없었다. 직업을 공개하기 전까지는 아무 존재감도 없던 남자가 전문직 혹은 어느 기업 오너라는 걸 밝히는 순간 의자왕이 되어 여자들의 관심을 독차지하는 것도, 자기를 선택하지 않을 게 뻔한 여자를 위해 이벤트를 하고, 맛있는 음식을 해주고, 눈물을 보이는 것도 이해할 수 없었다. 남자들은 바보 같고 여자들은 속물 같았다. 그런데 화면에 나온 그들과 같은 나이대가 되자 신기하게도 모든 게 이해가 갔다. 누가 누구에게 호감이 있는지, 왜 저런 말과 행동을 하는지, 이 관계의 향방이 어떻게 흘러갈지가 다 보였다. 그래서 나는 마치 연애 전문가라도 된 듯이 화면 속의 남녀를 보며 신나게 훈수를 두었다.

별의별 일이 다 있었죠. 정말 감정의 소용돌이가

이렇게 큰 거라고는 생각도 못 했고, 방송에 나간 사람들이 다 바보라서 저러는 줄 알았는데 그게 아니라는 걸 알았어요. 국가대표 축구하는 걸 보면 왜 저것밖에 못하냐고 하는데 막상 제가 저기 나가면 아무것도 못할게 뻔하듯이....

– [나는 솔로] 방송 인터뷰 中

그런데 문득 이런 생각이 들었다. 유럽 축구나 국가대표 축구 경기를 볼 때 우리는 경기장을 하늘에서 내려다보는 시점에서 본다. 그래서 어디로 패스를 해야 할지, 어느 공간이 비었는지 다 보인다. 그런데 경기를 직접 뛰는 선수들은 다르다. 1인칭이다. 자기 시선으로만 봐야 한다. 상대 수비수들의 거친 압박과 차올라오는 숨을 견디면서 어떻게든 고개를 들고 눈을 뜨고 앞을 봐야 한다. 하지만 관중들은 그것을 너무나 쉽게 잊는다. 그래서 선수들을 욕한다. 어휴, 병신, 저기가 비었잖아, 거기서 슛을 하면 어떡해, 하면서.

연애 프로그램도 마찬가지다. 시청자들은 전지적 시점

이다. 여자가 인터뷰 때 남자와의 데이트에 대해 뭐라고 했는지, 그녀를 마음에 둔 다른 남자는 누가 있는지 다 안다. 그래서 모든 게 너무 쉬워 보인다. 그 쉬운 걸 못하고 헤매는 출연자들이 바보 같아 보인다. 그런데 정말일까? 정말 출연자들이 바보라면, 내가 그들보다 조금이라도 나은 게 있다면 왜 나는 저들처럼 당당하게 나서지 못하는가? 저들은 저 많은 카메라, 그리고 그 뒤에 있는 수많은 시청자들이 보는 앞에서도 자기 감정을 거리낌 없이 표현하는데 나는 무엇 때문에 망설이고 있는 건가?

사실은 두려운 것이다. 나는 저들처럼 바보짓을 하지 않았다. 나한테 마음이 없어 보이는 여자에게 마음을 표현하지 않았고, 시간과 돈을 쓰지 않았고, 정성을 기울이지 않았다. 0 대 0이다. 나는 아무런 손해도 보지 않았다. 그런데 정말 그럴까? 누군가에게 백만 원을 빌려줬다가 돌려받지 못하면 백만 원을 날린 게 되듯, 나를 사랑하지 않는 누군가에게 진심 어린 마음을 표현하는 건 바보짓일까? 차라리 아무도 사랑하지 않는 게 나은 걸까? 회계 장부가 마이너스 백만 원인 것보다는 0원인 게 나은 것처럼? 그건 아니다. 사실 나는 사랑을 하고 싶었다. 누군가를 갈망하고, 그 마음이 외면당해서 좌절하기도 하고, 때로는 마음이 이어져 행복해하기도 하고, 행복이 계속되면 권태로워하기도 하고, 그러다 서로 상처를 주고받기도 하고, 다투기도 하고, 헤어지기도 하고, 그리워하기도 하고 싶었다. 사랑이라는 한 단어에 함축되어 있는 그 모든 감정들을 오롯이 느끼고 싶었다. 하지만 아무것도 못했다. 중학생 때 좋아했던 친구에게는 그건 네가 오해한 거라고, 나는 너와 남자 친구 사이를 갈라놓으려 한 게 아니었다고 말해주고 싶었고, 고등학생 때 좋아했던 친구에게는 어떻게 내 뒤통수를 칠 수가 있냐고 화라도 내고 싶었고, 사회 초년생 때 만난 사람에게는 술기운을 빌어서라도 전하지 못한 말들을 전하고 싶었지만 아무것도 안 했다. 상처받고 싶지 않아서, 자존심을 지키고 싶어서 그랬다. 그리고 전하지 못한 마음은 미련이 되었다. 그렇게 질질 끌다 보니 나이만 먹었다.

그럴수록 나는 점점 비겁해졌다. 누군가로 인해 상처받고 싶지 않아서 아무것도, 누구도 소중히 여기지 않기로 했다. 어차피 세상에 정의란 없다. 사람들은 그저 자기한테 이익이 되는 걸 적당히 예쁜 말로 포장해서 정의라고 부르고 있을 뿐이다. 사랑도 마찬가지다. 그런 건 애초에 없었다. 로맨스 영화나 대중가요에 나오는 절절한 사랑은 남자들을 호구로 만들기 위해 대중 미디어가 만들어낸 환상에 불과하다. 그러니까 꿈을 깨야 한다. 철저히 이기적으로 굴어야 한다. 그래야 손해 보지 않을 수 있다. 세상 모든 건 수요와 공급의 논리로 굴러가게 마련이다. 사람의 마음도 너무 많이 표현하면 질려 하고, 막 대하면 오히려 끌려 한다. 이런 생각을 갖게 되었다.

물론 그게 맞을 수도 있다. 어느 잘난 놈들은 그런 방식으로 연애를 한다. 번호를 따건, 술집이나 나이트클럽에서 헌팅을 하건, 동호회에 들어가건, 소개팅을 받건 어떤 식으로든 연락하는 여자의 수를 늘린다. 여자가 많으면 한 명 한 명에게 연연하지 않게 된다. 그러면 여유 있는 남자, 뭔가 믿는 구석이 있는 남자처럼 보이게 된다. 그런 모습에 여자들이 끌린다. 마치 돈이 돈을 벌 듯, 여자가 많은 놈들은 점점 여자가 많아진다. 그런 식으로 연애로부터의 자유를 달성한다. 마치 경제적 자유처럼.

하지만 대부분은 그렇지 않다. 누군가는 마음 다칠 것, 손해 볼 것, 웃음거리가 될 것을 감수하고 마음을 표현하고, 누군가는 그 마음의 무게를 알아본다. 그렇게 사랑을 한다.

잘난 놈들이 보기엔 바보 같아 보일 것이다. 조금만 관점을 바꾸면 여러 여자를 만나면서 즐겁게 살 수 있는데 왜 호구가 되길 자처하나 싶을 것이다. 내 생각도 물론 그렇다. 나에게 모든 여자를 유혹할 수 있는 마성의 매력이 있었다면 당연히 나도 그렇게 했을 것이다.

하지만 그 마음은 그렇게 가벼운 게 아니다. 처음 보는 여자에게 번호를 따는 것도 용기고, 주도권을 잡기 위해 기싸움을 벌이는 것도 용기지만 자기 내면 가장 깊은 곳에 있는 진실한 마음을 드러내는 것도 큰 용기다. 세상사 다 통달한 척 뒷짐지고 앉아서 남들을 비웃기만 하는 나보다는 훨씬 용기 있는 사람들이다.

하지만 그걸 인정하긴 싫었다. 자신의 나약함을 직면할 용기가 없었다. 그래서 남 탓을 하고, 세상 탓을 했다.

그런데 저들은 그렇게 하지 않았다. 매 순간의 감정에 충실했다. 사랑, 질투, 원망, 열등감, 좌절, 그밖에 그곳에서 느낄 수 있는 모든 감정들, 그중 무엇 하나도 숨기지 않았다. 심지어 수십 대의 카메라와 그 뒤에 있는 수십만 시청자들이 보고 있는 앞에서 그렇게 했다. 짝에는 모태 솔로도 있었고, 돌싱도 있었지만 그중에 나보다 비겁한 사람은 없었다. 그래서 그들이 존경스러웠다.

그리고 나는 집으로 돌아와서 '나는 솔로' 출연 신청 메일을 보내게 된다.

빵표

> 누구나 그럴싸한 계획을 갖고 있다. 처맞기 전까지는
>
> – 마이크 타이슨

다 계획이 있었다. 커플이 될 계획은 아니다. 어차피 난 안 될 거다. 살아봐서 안다. 내 인생에 여자한테 인기가 많고 핫했던 시기는 없었다. 나는 항상 구석탱이에 있었다. 그러니 이번에도 별반 다르지 않을 것이다.

하지만 최선을 다할 수는 있다. 내 마음을 받아줄지 말지는 상대방이 정하는 거지만 마음을 전할지 말지는 내가

정할 수 있다. 똑같이 거절당하는 결말이더라도 4박 5일이라는 시간 동안 내가 할 수 있는 것, 하고 싶었던 것들을 다 해보고 올지, 상처받고 거절당하고 망신당하는 게 두려워서 아무것도 못하고 시간만 죽이다 올지는 내 선택이다.

더도 덜도 말고 그렇게만 해보고 싶었다. 나는 늘 사랑을 원했다. 하지만 사랑을 위해 모든 걸 걸어보지는 못했다. 겁나서 그랬다. 나는 (촬영 당시) 서른셋이었다. 하지만 그 나이까지 제대로 된 연애를 해보지 못했다. 관심 있는 여자에게 어떻게 접근해야 하는지, 어떻게 마음을 표현하고 스킨십을 리드해야 하는지, 뭘 사줘야 여자들이 좋아하는지 하는, 이십 대들도 알 법한 것들도 잘 모른다. 회사로 치면 나이는 과장급인데 경력은 신입인 셈이다. 그러니까 아마 나를 뽑는 회사는 없을 것이다. 이십 대처럼 풋풋하지도 않고, 삼십 대처럼 농익지도 않은 나 같은 남자에게 끌릴 여자는 없을 것이다. 그러니까 가만히 있는 게 낫다. 괜히 나서지 말고 가만히 있으면 중간이나 간다.

이런 자신의 비겁함을 합리화하기 위해 이런저런 개똥철학들을 만들어냈다. 어차피 진심보다 중요한 건 겉모습이다, 그러니까 허세를 부려야 한다, 진실한 사랑이란 없다, 그저 서로의 이기심이 있을 뿐이다, 동물의 왕국이 그렇듯 인간의 사랑이라는 것도 더 매력적인 강자에게 덜 매력적인 약자가 희생당하는 약육강식의 법칙에 의해 굴러갈 뿐이다, 하는 그럴싸한 말들을 해대며 짐짓 쿨한 척했다.

하지만 모두를 속여도 스스로를 속일 수는 없었다. 돈에 관심이 없다고 하는 사람들이 대개 돈에 미친 사람이듯, 사랑의 가치를 폄하했던 나는 사실 사랑을 누구보다 갈구해온 사람이었다. 그냥 사랑을 위해 무언가를 걸고, 노력하고, 도전하고, 실패하고, 상실감을 느끼는 게 두려워서 관심 없는 척했을 뿐이다. 냉소적인 말들로 세운 견고한 성벽 속에 숨어 혼자 도도한 척하고 있었지만 사실 그 말들은 나를 지켜주는 성벽이 아니라 나를 가둔 감옥이었다.

그러니까 이번에는 그 벽을 넘어보고 싶었다. 망신당해도 좋고 상처받아도 좋으니까 단 한 번이라도 내 마음에 솔직해보고 싶었다. 사랑만을 위해 만들어진, 사랑이 아니면 할 수도 없고 생각해서도 안 되는 이곳에서라면 그렇게 할 수 있을 것 같았다.

하지만 상황은 생각대로 흘러가지 않았다. 일단 첫인상 0표를 받았다. 여기까지는 그러려니 했다. 나 말고도 0표를 받은 남자가 세 명이나 더 있었기 때문에 나 혼자 0표인 것보다는 훨씬 나았다. 정신적 타격이 크지는 않았다. 첫인상에서는 외모가 훤칠하고 스타일이 좋은 영식(당시 34세, 초등 교사)이 몰표를 받았지만 다음 날 자기소개를 하고 내가 가진 장점들을 충분히 보여주면 뒤집을 수 있을 거라고 생각했다.

그런데 자기소개에서도 반응이 영 신통치 않았다. 섬세하고, 순수하고, 성실한 트리플 S의 남자라는 키워드로 열심히 멘트도 짜고, 장기 자랑도 준비했지만 막상 하고 나니 반응이 영 시큰둥했다. 질문들도 정말 궁금해서 하는 질문이라기보다 그냥 방송 분량을 위해 형식적으로 하는 질문들처럼 보였고 따로 대화를 하자는 사람도 없었다. 순자(당시 28세, SRT 승무원)를 따로 불러서 대화를 해보았지만 그녀는 결혼은 부산 사람과 하고 싶다는 말로 완곡

한 거절 의사를 표했고, 첫인상에서 선택했던 정자(당시 28세, 치위생사)에게는 이미 영식, 정식, 영철 세 명의 남자가 있었다. 내가 스스로 생각한 나의 경쟁력은 그중에서 꼴찌였다. 영철(그 유명한 국민빌런 707베이비 영철이다.)조차 이길 자신이 없었다.

생각이 여기에 미친 순간 멘탈이 나갔다. 나는 잘생기지 않았다. 돈이 많지도 않고, 여자를 꼬시는 필살의 스킬 같은 걸 갖고 있지도 않다. 당연히 인기도 없다. 하지만 제작진은 수많은 지원자들 중 나를 뽑았다. 원래는 3기에 나갈 예정이었다가 개인 사정으로 연기했는데도 4기 촬영까지 한 달 넘는 시간 동안 날 기다려주었다. 그렇게 해서라도 나를 이 프로그램에 출연시키려 했다. 이 분야의 전문가인, 이 프로그램에 밥줄이 걸려 있는 그들이 내게 기회를 줬다는 건 내게 가능성이 있기 때문이었을 것이다. 의자왕이 되고 최종 선택을 받지는 못하더라도 나만이 보여줄 수 있는 매력과 가치들이 분명 있을 것이다. 그게 촬영장에 도착하기 전까지 갖고 있던 생각이었다.

그런데 만약 그게 아니라면? 전쟁 영화나 사극 드라마에는 전장을 호령하는 용맹한 장군도 나오고 신묘한 책략으로 적군을 농락하는 책략가도 나오지만 빗발처럼 몰아치는 화살에 맞아 고슴도치 같은 몰골로 죽어나가는 병사1도 나온다. 연애 버라이어티 프로그램도 마찬가지일 것이다. 화려한 말빨과 훤칠한 기럭지, 당당한 태도로 여심을 휘어잡는 알파메일들도 있지만 그런 알파메일들에게 밀려서 기회도 얻지 못하는 찐따남들(사실 밀렸다고 하기도 좀 그렇다. 설령 그 알파메일이 없었더라도 그들은 여자에게 선택받지 못했을 테니 말이다.)도 있을 것이다. 내게 주어진 역할은 둘 중 어느 쪽일까? 제작진은 여성 시청자들을 설레게 해주려고 나를 캐스팅했을까? 아니면 세상에 이렇게 찌질한 남자도 있다고 동네방네 조리돌림을 하려고 캐스팅했을까?

그런 생각을 하는데 제작진의 메가폰이 울렸다. 첫 데이트 선택. 여자가 데이트 신청을 하고, 남자가 선택을 하겠다고 했다. 그 말을 듣자 원래 생각했던 것들은 까맣게 잊어버렸다. 그리고 버려야지, 버려야지 수십 번 되뇌었던 비겁한 생각들이 다시 스멀스멀 밀려왔다. 지금 정자에게 세 명의 남자가 몰렸다. 나까지 가면 네 명이다. 원래부터 매력적인 여자였는데 지금은 더 가치가 올라있는 상태다. 말하자면 상한가를 친 주식이다. 지금 들어가는 게 맞는 건가? 오히려 한 타이밍을 쉬어 가는 게 나은 전략이지 않을까? 데이트를 나간 세 남자 중 만약 마음에 드는 사람이 없다면 오히려 내게 기회가 올 수도 있지 않을까? 첫인상에서는 자기를 택했는데 왜 데이트는 다른 여자랑 나갔는지 오히려 궁금해할 수도 있지 않을까? 내 감정에 솔직했는지 안 솔직했는지가 그렇게 중요한 건가? 어차피 내 마음속에서 무슨 일이 일어났는지는 나밖에 모르는 거고, 겉으로 보여지는 건 결과일 뿐이지 않나? 그냥 나중에 가치관이 안 맞았네, 대화 코드가 달랐네, 지역이 머네, 하는 그럴싸한 말로 대충 얼버무리면 되지 않을까?

그리고 나는 다른 여자와 데이트를 나가게 된다.

정순

포켓몬스터에는 케이시라는 포켓몬이 나온다. 초능력 포켓몬 윤겔라(이스라엘의 초능력자 유리 겔러를 모티프로 한 포켓몬이다.)로 진화하기 전의 포켓몬인데, 이 포켓몬에게는 공격 기술이 없다. 유일하게 갖고 있는 기술은 순간 이동이다. 그래서 다른 포켓몬들은 내가 공격을 하거나 몬스터볼을 던지면 반격을 하지만 케이시는 순간 이동으로 도망쳐버린다. 그러니까 무조건 한 방에 잡아야 한다. 도망쳐 버리기 전에.

여자란 존재는 케이시와 비슷하다는 생각을 종종 한다. 한 번에 사로잡아야 한다. 단 하나라도 어그러지면 안 된다. 자신의 미래에 확신이 없는 것 같은 모습을 보이거나, 차일까 봐 전전긍긍하거나, 데이트 장소를 미리 안 정해와서 땡볕에 걷게 만들면 끝장이다. 모든 게 완벽하게 준비되어 있어야 한다. 안 그러면 순간 이동으로 도망쳐 버린다.

그런데 그날의 데이트는 너무 많은 것들이 어그러졌다. 나는 정순(사회 복지 공무원, 당시 32세)과 데이트를 나갔다. 하지만 원래 나가려 했던 건 정자였다. 순자와도 잠깐 대화를 하긴 했지만 정순과는 아무런 접점이 없었다. 정순의 입장에서는 내가 어떤 마음으로 자기를 택했는지 의아해할 법한 상황이었다.

데이트 코스도 전혀 준비되어 있지 않았다. 촬영 장소를 당일에야 알려주었고, 촬영장의 시간은 눈코 뜰 새 없이 바쁘게 지나갔기 때문에 데이트 코스를 검색해 볼 여력이 없었다. 정순과 데이트를 나가기로 결정하고 나서야 부랴부랴 주변 맛집을 찾아보았지만 외진 곳에 있는 동네라 그런지 그 흔해 빠진 이탈리안 레스토랑이나 베이커리

카페 하나도 없었다. 고기를 잘 못 구워서 고깃집에 가는 건 엄두도 낼 수 없었고, 회는 정순이 좋아하지 않는다고 했다. 갈 데가 없었다.

운전도 어설펐다. 원래는 경차를 타고 다니는데, 주변에서 여자 만날 때, 특히 방송에 나갈 때는 경차 타고 가지 말라는 조언을 들어서 아버지의 중형 세단을 빌려 타고 왔다. 운전할 때야 별문제가 없었지만 주차가 문제였다. 차의 길이와 폭이 다르니 감각이 낯설었다. 내 차였다면 한 번에 슥슥 들어갔을 걸 몇 번을 헤맸다.

이 모든 장면이 전 국민 앞에 공개될 거라 생각하니 미쳐버릴 것 같았다. 앞에 마주 보고 앉아 있는 상대방에게 집중해도 모자랄 시간에 이런 말을 해도 되는 건지, 나중에 어떻게 편집될지 하는 생각이 들어 머릿속이 복잡해졌다. 그냥 평범한 데이트가 아니라 방송에 나갈 데이트기 때문에 촬영 동선에 맞춰서 차가 들어오는 장면, 식당에 앉는 장면도 따로 찍었는데 이런 게 익숙하지 않다 보니 더 헤맸다.

"누군가를 진심으로 사랑해 본 적 있나요?"

데이트 중에 정순이 이런 질문을 했다. 잠시 생각했다. 당연히 있다. 나는 매 순간 진심이었다. 20년 동안 진정한 사랑을 찾아 헤맸고, 결국 여기까지 왔다. 그런데 정말인가? 누군가를 몇 년 동안 잊지 못했다는 게 그 사람을 깊이 사랑했다는 증거가 될 수 있는 건가? 어차피 가만히 있어도 흘러가는 게 시간인데? 정작 그동안 내가 한 게 뭐지? 사랑했던 사람에게 하고 싶었던 이야기를 글로 남겼었다? 대순진리회에 쫓아갔었다? 그게 뭐? 그 마음이 그 사람에게 전해지지 않았다면 무슨 의미가 있는 거지? 차라리 폭탄 문자를 보내서 한 번만 만나 달라고 애원하거나, 시라노 연애 조작단처럼 우연을 가장해서라도 한 번은 만났어야 하는 거 아닌가? 뒤에서는 누가 무슨 짓을 못하나? 나는 정말 그 사람을 사랑하긴 했던 건가? 어쩌면 나는 내가 누군가를 진심으로 사랑하고 있다는 혼자만의 애틋한 감정에 취해 있고 싶었던 건 아닌가?

생각은 앞에 앉아 있는 정순에게까지 꼬리를 물었다.

그래, 나는 겉으로는 사랑을 하고 싶다고 했지만 정작 사랑을 위해서 무언가를 걸어본 적은 한 번도 없다. 지금 이 순간조차 그렇다. 원래 택했던 건 정자였고, 지금 당신의 앞에 앉아 있는 건 실은 그냥 도망쳐서 온 것이다. 나는 그냥 내 자존심 상하고 마음 다치는 게 두려워서 아무것도 못하는 비겁자일 뿐이다. 그래서, 누군가를 진심으로 사랑해 본 적 있냐는 정순의 질문이 내게는 이렇게 들렸다.

"지금 내 앞에서 하는 말들, 진심 아니죠?"

한 마디로 제정신이 아니었다. 내 매력을 보여주기보다 단점을 어떻게 숨길지에 급급했고, 정순에 대한 호감을 표현하기보다 원래는 정자를 선택했는데 왜 정순으로 번복했는지 변명하기 바빴다.

아니나 다를까 반응이 별로 안 좋았다. 1차로 조개구잇집에서 조개탕을 먹고, 2차로는 근처 해안가 카페에서 커피 한잔하고 싶었는데 정순이 1차만 하고 숙소로 돌아가

자고 했다. 그리고 데이트 비용은 각출했다. 그날 남자들에게 선택받지 못해서 숙소에 남아 있는 정숙(당시 26세, 무속인)과 순자를 위해 대하구이를 사 가기로 했는데 그거라도 내가 사겠다고 했지만 정순은 한사코 마다했다.

거기서 이미 직감했다. 아, 나한테 호감이 없구나. 대부분의 연애에서 남자들은 여자보다 더 많은 돈을 쓴다. 둘 다 부모님한테 용돈 받는 학생 신분이더라도, 같은 회사에 다녀서 소득 수준이 비슷하더라도, 심지어는 여자가 연상이더라도 돈은 남자가 더 낸다. 그래서 남자들은 이에 대해 불만을 토로한다. 더치페이하는 개념녀를 만나야 한다고 말한다. 그런데 아이러니하게도 막상 그런 여자를 만나면 불안해한다. 여자들도 그렇다. 마음에 들면 남자가 돈을 내게 하고, 마음에 안 들면 더치페이를 한다. 마음에 드는 남자에게 데이트 비용이라는 부담을 지우고 안 드는 남자에게 더치페이라는 배려를 한다. 왜일까? 돈을 내는 게 남성성을 표현하는 방식의 하나이기 때문이다. 태초부터 여자는 아이를 낳고 기르는 역할을 했고, 남자는 그런 여자를 지켜 주는 역할을 했다. 과거에는 육체적인 힘으로 지켜 줬고, 지금은 돈과 권력으로 지켜 준다는 차이가 있지만 지켜 준다는 목적은 같다. 수단이 바뀌었을 뿐이다. 예나 지금이나 남자의 역할은 여자를 지켜 주는 것이다. 남자가 돈을 내는 건 그런 의미다. 남자의 입장에서는 당신을 지켜 줄 힘이 있다는 걸 보여주는 행위고, 여자의 입장에서는 당신이라는 그늘 아래에서 보호와 예쁨을 받고 싶다는 의미다. 그러니까 그날 데이트에서 정순이 나에게 만족했다면 나에게 돈을 내게 했을 것이다. 그 대신 2차에서 자기가 디저트를 사든지 했을 것이다.

그런데 그런 일이 일어나지 않았다. 1차, 더치페이, 종료. 나를 남자로 인정하지 않겠다는 뜻이다. 나에 대해 어떠한 마음의 빚도 남기지 않겠다는 뜻이다.

그리고 머리가 복잡해지기 시작했다.

불면

"언제까지 그렇게 재실 거예요? 사랑은 가슴으로 하는 거라고 생각해요."

같은 기수에 출연했던 707 베이비 영철이 했던 말이다. 마음에 두고 있던 정자(당시 28세, 치위생사)가 첫날 바비큐 파티를 할 때 자기한테 쌈을 싸주고, 자기가 던진 농담에 웃어줘서 자기를 좋아하는 줄 알았는데 그게 아니었다는 걸 알고 격분해서 이런 말을 했다.

이 한마디로 그는 일약 스타덤에 올랐다. 나는 솔로 4기뿐만 아니라 역대 모든 출연자들, 더 나아가 연애 예능이라는 장르 전체를 통틀어 가장 유명한 인물이 되었다. 솔로지옥에 출연했던 200만 유튜버 프리지아도, 하트시그널의 김현우도, 그밖에 숱한 미남 미녀들과 부자들, 인플루언서들도 감히 그의 아성을 넘지 못했다.

하지만 그가 미처 생각지 못했던 게 있다. 가슴이 시키는 대로 하려면 머리가 좋아야 한다는 점이다.

감정이라는 건 자동차에 탑재된 후방 센서와 비슷한 것 같다. 후방 주차를 할 때 주위에 충돌 위험이 있는 물체가 감지되면 센서가 경고음을 낸다. 그러면 운전자는 그 물체를 피해서 주차할 수 있다.

감정도 마찬가지다. 우리의 본능적 욕구를 충족해 주는 행위를 할 때는 쾌감을 느끼고, 우리의 생존을 위협하는 대상을 만났을 때는 불쾌한 감정을 느낀다. 인간이 생명을 유지하려면 밥을 먹고 잠을 자야 하기 때문에 밥을 못 먹고 잠을 못 자면 신경이 날카로워지고, 자손을 이어나가려면 매력적인 상대와 짝짓기를 해야 하기 때문에 섹시한 이성을 만나면 성적인 흥분을 느낀다.

그러니까 감정이 시키는 대로 하는 건 대체로 유용하다. 긍정적인 감정을 불러일으키는 것들을 가까이하고, 부정적인 감정을 불러일으키는 것들을 멀리하면 우리는 생존과 번식의 확률을 높일 수 있다.

하지만 문제가 있다. 감정은 우리의 즉각적인 욕구에만 반응한다는 것이다. 잠이 올 때 잠을 잔다면 우리는 수면 욕구를 충족시킬 수 있을 것이다. 잠을 푹 자고 체력을 회복하면 우리의 생존율은 높아질 것이다. 하지만 우리가 살아가는 현대 사회는 그렇게 단순하게 굴러가지 않는다. 당장의 수면 욕구를 충족시키지 않고 참는 게 장기적 생존에 더 도움이 되는 경우도 있다. 가령 다음날 중요한 시험이 있다면 당장 잠자리에 드는 대신 잠을 참고 공부를 더 할 수도 있다. 그렇게 해서 명문대에 들어가거나 전문직 자격증을 딴다면 당장의 생존율은 줄어들겠지만 장기적 생존에는 더 도움이 될 것이다.

그러니까 머리가 좋아야 한다. 감정에 휩쓸려서 이리저리 흔들리기보다 그 감정이 어디에서부터 연유한 것인지를 간파해 내야 한다. 이 감정의 본질이 무엇인지, 이 욕구를 충족시킴으로써 나는 무엇을 얻으려 하는 건지를 냉철하게 판단해야 한다. 그런데 문제는 그게 너무 어렵다는 점이다. 순간의 강렬한 감정은 상황을 객관적, 합리적으로 파악하는 우리의 이성을 너무나 쉽게 마비시킨다. 그래서 우리는 늘 혼란스러워한다.

그날 밤 내가 그랬다. 정순이는 오늘 데이트에 불만족했다. 1차를 마치고 숙소로 돌아가자고 했고, 비용은 더치페이를 했다. 그리고 다른 출연자들이 모두 숙소에 모여 뒤풀이 술자리를 가졌는데 혼자 참석하지 않았다. 이러한 정황을 통해 나는 정순이 내게 호감을 갖고 있지 않다는 결론을 냈다. 아마 앞으로 어떤 노력을 하더라도 그걸 뒤집을 순 없을 것이다.

그렇다면 나는 무엇을 해야 하는가? 이 사람과 관계를 계속 이어 나가고 싶긴 하다. 그런데 정말인가? 내가 원하는 게 정말로 이 사람인가? 혹시 욕을 먹기 싫어서 이 사람을 택하려는 건 아닌가? 이미 정자에서 정순으로 한 번 방향을 튼 전적이 있고, 이제 와서 다른 여자를 택한들 잘 될 가능성이 없기 때문에 계속 정순을 택해서 순정남 이미지라도 가져가려고 하는 건 아닐까?

만약 그런 거라면 지금이라도 다른 여자로 갈아타야 하나? 그런데 그건 떳떳한 행동인가? 정순과 잘 될 가능성이 없어 보인다고 아직 아무와도 연결되지 않은 다른 여자를 택하는 건 또 한 사람을 속이는 일이지 않나?

그런데, 내가 정순에게 확실히 거절을 당하긴 한 건가? 그냥 피곤해서 숙소에 들어가서 쉬고 싶다고 한 것뿐인데 내가 너무 확대 해석하는 건 아닐까? 어쩌면 정말 피곤한 것일 수도 있지 않나? 아직 제대로 시작도 못했는데 왜 난 벌써부터 포기할 생각만 하고 있지? 이번에는 좀 변하고 싶어서, 한 번이라도 사랑이라는 감정 앞에 떳떳해지고 싶어서 여기에 온 것 아니었나? 그런데 나는 이 순간에도, 여기까지 와서도 도망칠 궁리만 하고 있는 건가?

결론은 나지 않은 채 생각은 꼬리에 꼬리를 물었다. 그렇게 잠을 잔 건지 안 잔 건지도 모르겠는 밤이 지났다.

각성

그리고 아침이 되었다. 정순을 찾아갔다. 혹시라도 다른 사람과 이야기를 해보고 싶은데 어제 내가 당신을 택한 것에 대해 고마움이나 미안함을 느끼고 있는 거라면 나는 괜찮으니 다른 사람을 만나도 좋다고 했다. 그러자 정순은 아니라고 했다. 어제 즐거웠고, 다음번에 기회가 있다면 나를 택할 거라고 했다.

그리고 "어우, 마음이… 꺄아! 섬세하시네요." 하는데 순간 머릿속에 무언가가 툭 끊어졌다. 그리고 살면서 몇 번 느껴보지 못한 뭉클함이 밀려왔다. 이성을 붙들려고 애썼지만 소용없었다. 감당할 수 없이 강렬한 감정의 파도에 내 멘탈은 순식간에 휩쓸려가 버렸다.

훗날 이 장면을 본 시청자들은 순진하고 착해 보이긴 하는데 너무 멘탈이 약한 것 같다. 여자는 약해 보이는 남자, 눈물이 많은 남자에게 끌리지 않는다. 모태 솔로 같다. 등등의 말을 했다.

그런데, 나도 안다. 사랑은 감정이고 감정은 본능이다. 그러니까 남자답게 굴어야 한다. 지배적이고, 경쟁적이며, 호전적으로 보여야 한다. 날 따라오면 평생 동안 안전하고 풍요로운 삶을 누릴 수 있을 거라는 확신을 줘야 한다. 다 내가 입버릇처럼 하고 다니던 얘기다. 실제로도 나는 그렇게 눈물이 많은 남자가 아니다. 어른 돼서 딱 두 번 울었다. 22살 때 군대에서 한 번 울었고, 29살 때 강남역 11번 출구 배스킨라빈스에서 또 한 번 울었다. 세 번째 눈물을 전 국민이 보는 방송 카메라 앞에서 흘리게 될 거라고는 생각지도 못했다.

사실, 그날 나를 울린 건 정순이 아니었다. 원래 데이트를 나가려고 했던 정자도 물론 아니었다. 그밖에 다른 출연자도 아니었다. 나 자신이었다. 내가 그동안 살아온 나날들이었다. 나는 사랑을 원했다. 하지만 정작 사랑 앞에는 솔직하지 못했다. 상처받지 않고 자존심 상하지 않으려고 잔머리만 굴렸다. 그런 자신을 합리화하려고 어차피 세상에 사랑이란 없다느니, 서로의 이기심이 있을 뿐이라느니 하는 그럴싸한 궤변을 늘어놓고 다녔다. 한 번쯤은 그 벽을 넘어보고 싶었다. 악플을 받아도 좋고 망신을 당해도 좋으니 한 번이라도 내 감정에 솔직해보고 싶었다. 커플이 될지 말지 인스타 팔로워가 얼마나 늘지 따위는 그것에 비하면 하나도 중요치 않았다. 그런데 여기까지 와서 또 비겁한 선택을 해버리고 말았다. 그리고 그 선택에 대해서도 스스로 책임을 지지 못했다. 내가 정순에게 어떤 감정을 갖고 있는지, 앞으로 어떻게 행동할 것인지 스스로 답을 내리지 못했다. 그래서 정순에게 폭탄을 떠넘겼다. 나는 모르겠으니, 네가 결정해 달라고. 나는 모르는 척 따라가겠다고.

그런데 정순은 어제 너무 재밌었다고, 걱정하지 말라고

했다. 분명 별것 아닌 말이었다. 그냥 예의상 한 말일 수도 있다. 하지만 그 말은 지난 수십 년 동안 내가 듣고 싶었던 말이었다. 너는 한심한 인간도, 비겁한 인간도 아니라고, 단지 마음이 너무 섬세한 것뿐이라고, 그러니 너무 스스로를 괴롭히지 말라고. 그 한마디는 어젯밤 뜬 눈으로 밤을 새우며 했던 고민들과 지난 수십 년간 쌓여왔던 부정적인 감정들, 그리고 그로 인해 파여버린 마음의 골 속에 절묘하게 흘러들었고 걷잡을 수 없이 넘쳐 버렸다.

그리고 나는 결심했다. 이제 헤매지 않겠다고. 시간, 돈, 선택의 기회, 체력과 감정, 그리고 염치와 체면까지. 이곳에 있는 동안 내가 동원할 수 있는 모든 것들을 이 사람에게 걸겠다고.

포기

하지만 이미 늦었다. 정순은 데이트권을 포기했다. 다른 사람을 택하겠다고 한 게 아니었다. 누구와도 데이트를 하지 않겠다고 했다. 슈퍼데이트권(제작진이 데이트 비용을 전액 부담하는 데이트. 다른 일반적인 데이트는 출연자들이 각자 부담한다.)을 땄는데도 그냥 버리겠다고 했다.

그날은 촬영 기간 중 가장 힘든 날이었다. 내가 상대방에게 100만큼의 마음을 갖고 있을 때 상대방도 꼭 나에게 100의 감정을 똑같이 갖고 있길 바라지는 않는다. 그건 너무나 어려운 일이라는 걸 이미 숱한 경험을 통해 알아버렸다. 그건 노력으로 되는 게 아니다. 잘나고 못나고의 문제도 아니다. 원래 잘 안되는 거다. 되는 게 기적이고 안 되는 게 정상이다.

그래도 적어도 마이너스는 아니길 바랐다. 다른 사람들에게 내가 이만큼 인기 많다고, 이 남자가 나한테 껌뻑 죽는다고 자랑을 해도 좋고, 심심할 때 적당히 불러내서 데리고 놀아도 좋다. 어차피 다 내가 감당하기로 한 일이니 네가 그걸 신경 쓸 필요는 없다. 굳이 내가 준 마음을 그대로 돌려주지 않아도 된다. 10이라도 좋고 20이라도 좋으니 그저 나의 마음이 너를 조금이나마 웃게 해줄 수 있었으면 했다.

그날 있었던 일도 마찬가지다. 정순이 꼭 나를 택해야 한다고 생각하지는 않았다. 나에게 이성적 호감이 없다는 건 진작에 알고 있었다. 어떤 노력으로도 그 마음을 돌리기 어려울 거라는 것도 알고 있었다. 내가 이곳을 빈손으로 나가게 될 거라는 건 충분히 예상하고 있던 일이었다.

그래도 마이너스는 아니었으면 했다. 슈퍼데이트권이니까, 어차피 제작진이 돈 낼 거니까 비싼 거라도 먹고 들어왔으면 했다. 최종 선택은 안 해도 되니까 나중에 방송에 나갈 걸 생각해서라도 적당히 시간이라도 때워줬으면 했다. 그래도 너 좋다는 애 하나 있으니까 그렇게라도 써먹었으면 했다.

> 이 꿈같은 시간에서 저에게 의미가 되어주었던 한 사람에게 제일 감사합니다. 이곳에서의 시간이 유독 힘들었을 그 사람에게 제가 조금이나마 힘이 될 수 있는 사람이었으면 좋겠습니다.
>
> – 최종 선택 당시 했던 말

그게 힘들었다. 나는 사랑을 하러 왔다. 항상 사랑 앞에 비겁했기 때문에 이번만은 비겁하지 않아보고 싶어서 왔다. 하지만 여기서도 도망만 다녔다. 내 마음의 소리에 따라 움직이지 않았고 머릿속으로 계산기를 두드리기 바빴다. 망신당하지 않고 상처받지 않으려고 전전긍긍했다. 그런데 그런 내 모습을 너는 한심하다고 하지 않았다. 마음이 섬세한 거라고 했다. 그래서 나는 다시 힘을 낼 수 있었다.

그러니까 나도 조금은 너에게 힘이 될 수 있길 바랐다. 직장에 5일씩이나 휴가를 내고, 6주 동안 시청자들에게 온갖 악플 세례를 받을 걸 감수해가면서 여기까지 왔는데 1등은 못해도 완주는 했으면 했다. 내가 이곳에서 많은 것들을 배우고 생각한 만큼 너도 그랬으면 했다. 그 정도의 의미는 되어주고 싶었다.

하지만 너는 그렇게 하지 않겠다고 했다. 그냥 다 포기하고 아무것도 하지 않겠다고 했다.

그래서 나도 포기했다. 그날 밤 인터뷰에서 제작진이 나에게 물었다. 앞으로도 정순을 택할 거냐고. 나는 그러지 않겠다고 했다. 그러자 제작진은 다른 사람을 알아볼 생각은 없냐고 물었다. 그것도 싫다고 했다. 나는 아무것도 하지 않을 거라고 했다. 그냥 적당히 시간 죽이다가 나갈 거라고 했다.

결말

다음날 아침에 네가 나를 찾아왔다. 힘든 시간이었지만 내가 곁에 있어주어서 견뎌낼 수 있었다고 했다. 이곳에서 나를 선택하지는 못하겠지만 밖에서 더 오래 시간을 두고 알아가 보고 싶다고 말했다.

그리고 숙소로 돌아왔는데 벽에 몇 시간 뒤에 최종 선택을 한다는 팻말이 붙어 있었다. 예정된 촬영 기간이 5박 6일이었는데 하루를 단축해서 4박 5일 차에 갑자기 끝내게 된 것이다.

고민했다. 최종 선택을 할 것인가 포기할 것인가. 일단, 선택한다고 해서 내가 커플이 되는 일은 없을 것이다.

지난밤 데이트권을 포기했을 때 직감했고 오늘 대화를 하면서 다시 한번 확인했다. 너는 내게 마음이 없다. 그걸 뒤집을 방법은 없다. 최종 선택 때 조금 멋지고 근사한 말을 한다고 해서 달라질 수 있는 게 아니다. 이미 내게 승리라는 경우의 수는 사라졌다. 남은 건 패배와 무승부다. 그렇다면 무승부라도 하는 게 낫지 않을까? 마음에 드는 사람이 없어서 선택을 하지 않았다고 하면 자존심이라도 지킬 수 있지 않을까?

그리고, 정작 내 마음에 대해서는 확신할 수 있는가? 분명 너에게 끌리긴 한다. 너를 택하고 싶고 너에게 선택받고 싶다. 그런데 무엇 때문에? 너와 나 사이에 그 정도로 많은 교감이 있었는가? 나는 너에 대해 어느 정도 알고 있는가? 나는 정말로 너를 원하는 건가? 어쩌면 최종 커플이 되었을 때 얻을 수 있는 관심, 그리고 좋은 이미지를 원하는 건 아닐까?

늘 그랬듯 답은 안 나왔다. 그래도 이번에는 감정이 시키는 대로 가보기로 했다. 그 감정의 이면에 있는 진심이 무엇인지, 이 선택이 가져올 결과가 무엇일지는 모르겠지만 그래도 한 번 믿어 보기로 했다. 괜히 자존심 상하고 마음만 다치지 않을지, 연인 관계로 발전하려다 친구로도 남지 못하게 되는 건 아닌지, 괜히 부담만 주는 건 아닌지, 하는 복잡한 생각은 잠시 내려놓기로 했다.

남들보다 조금 생각이 많고 섬세한 편입니다. 그래서 사랑 앞에서 늘 망설였고 뒷걸음질만 쳤습니다. 그런 모습 탓에 몇 번의 사랑에 실패했고, 그 실패들은 저를 더욱더 소심하게, 솔직하지 못하게 만들었습니다. 그렇게 살다 보니 서른셋이 되었습니다.

나름 재미있게는 살고 있습니다. 노래도 부르고, 책도 읽고, 글도 쓰고, 공부도 하고, 주말에는 친구들이랑 공도 찹니다. 그러다 보니 어느 정도의 성취도 이루게 되었습니다. 하지만 한 켠으로 느껴지는 공허함을 어찌할 수는 없었습니다. 결국 그 모든 것들은 수단에 불과할 뿐, 제가 정말 원했던 건 항상 사랑이었으니까요.

그러던 중 [나는 솔로]를 보게 되었습니다. 사랑을 하도록, 사랑이 아니면 아무것도 생각할 수 없도록 만들어진 그 공간에서 딱 한 번이라도 사랑이라는 것에 자신을 온전히 걸어보고 싶다는 생각을 하게 되었습니다. 그래서 지원했습니다.

좋아하는 네이버 웹툰 [더 복서]에 이런 대사가 나오더군요.
"인생에 한 번쯤은 어딘가에서 알 수 없는 힘이 솟아나 삶을 바꿀 수 있게 된다."
이 방송 출연이 저에게 그런 기회가 되길 바랍니다.

- 방송 출연 신청할 때 보냈던 이메일 내용

그게 내가 이곳에 온 이유였기 때문이다. 나는 참고 기다리고 한 번 더 생각하는 게 익숙한 사람이다. 지금의 나를 만든 건 그것이었다. 그 습관 덕에 나는 좋은 학벌과 좋은 평판, 양호한 재정 상태와 건강한 생활 패턴을 가진 사람이 되었다. 하지만 그 와중에 놓치고 있었던 것도 있었다. 그건 나 자신의 감정이었다. 한 번 더 생각하고 고민하는 사이 행동해야 할 때를 놓쳐버렸다. 그래서 후회했고 후회는 아쉬움이, 아쉬움은 미련이 되었다. 그러다 보니 여기까지 떠밀려왔다. 사회에서 짊어져야 할 책임으로부터, 가족이나 친구들과의 관계로부터, 사랑이라는 감정 이외의 모든 것들로부터 단절되어 있는 이곳에까지 왔다. 더는 도망칠 곳도 없었다. 그러니까 도망치지 않기로 했다. 최종 선택을 했다.

물론 결과는 바뀌지 않았다. 보기 좋게 차여 버렸다. 밖에서 혹시라도 더 좋은 관계로 발전할 수 있지 않을까 하는 기대도 했지만 그런 동화 같은 일은 일어나지 않았다. 현실은 동화가 아니었다. 동화 같았던 4박 5일의 기억은 솔로 나라에 남겨 두고 현실로 돌아오기로 했다.

현실

요즘에도 이런 말을 쓰는지 모르겠는데 내가 대학생 때는 복학생 버프라는 말이 있었다. 군대 갔다 온 첫 학기에는 다들 학점도 잘 나오고 연애도 잘 풀린다는 것이다. 정말 그랬다. 주변에 연애 못 하던 친구들도 군대 갔다 오면 다들 연애를 했고, 학교생활도 잘 풀렸다. 나도 마찬가지였다. 복학 첫 학기에 처음으로 여자 친구가 생겼고 학점도 8학기 중 제일 잘 나왔다.

그런데 막상 지나고 보니 별거 없었다. 여자 친구는 금방 헤어졌고, 학점도 군대 가기 전과 비슷한 수준으로 돌아왔다. 그런 모습을 보고 친구들은 말했다. 복학 버프가 풀렸다고.

왜 그런 걸까? 군대를 다녀오면 왜 사람이 변하고, 시간이 좀 지나면 왜 다시 원래대로 돌아올까? 그건 군대라는 공간의 특수성 때문인 것 같다. 군대에서는 늦잠을 잘 수 없다. 무조건 아침 6시에 일어나야 한다. 술도 마시지 못한다. 치킨이나 피자 같은 자극적인 음식들을 마음껏 먹을 수도 없다. 게임도 못한다. 여자와 어울려 놀 수도 없다. 야동도 못 본다. 군대는 바깥세상의 온갖 즐거움들과 격리되어 있는 곳이다. 그러니까 재미없는 것들을 할 수밖에 없다. 웨이트 트레이닝, 독서, 자격증이나 영어 공부 같은 것들밖에 할 게 없다.

하지만 사회는 다르다. 재밌는 게 너무 많다. 마음껏 자도 되고 마음껏 술을 마셔도 되고 게임을 해도 되고 여자랑 놀아도 된다. (생각해 보니 이건 마음대로 되는 건 아니긴 하다) 그러니까 공부나 운동 따위를 할 이유가 없다. 복학 버프가 한 학기 이상 유지되지 않는 건 그래서다. 군대에서처럼 평생을 살 수 있다면 대한민국에 성공하지 못할 사람이 없을 것이다.

솔로 나라에서도 비슷한 일이 일어났다. 나는 솔로 나라에서 인연을 찾진 못했다. 이곳에서 나는 승리자가 아니었다. 하지만 나 자신과의 싸움에서는 이겼다. 내 안의 두려움과 비겁함, 냉소를 극복해 냈다. 걸 수 있는 모든 걸 걸어서 내 마음을 표현했다. 비록 상대방이 그 마음을 받아주지는 않았지만 그건 크게 중요하지 않았다. 축구에서는 0 대 1로 지는 것보다 0 대 0으로 비기는 게 낫지만 사랑에서는 아니라는 걸 알았다. 거절당하고 상처받는 게 두려워서 아무것도 안 하는 것보다는 차라리 돌려받지 못할 마음이라도 주는 게 더 낫다는 걸 알았다.

그러니까 앞으로도 잘해 나갈 수 있을 거라고 생각했다. 성공하건 실패하건 누군가에게 마음을 전하는 일은 멋진 일이라는 걸 알았으니 또다시 누군가를 만난다면 아낌없이 당당하게 표현해야지 했다. 때로는 거절당하고 상처받는 일도 있겠지만 그 와중에 내 마음을 알아주는 사람도 만날 것이고 그러다 보면 이 지긋지긋한 악순환의 고리로부터 벗어날 수 있을 거라고 생각했다.

하지만 내가 미처 생각지 못했던 게 있다. 사회는 솔로 나라와 다르다는 것이다. 솔로나라는 일종의 실험실이다. 솔로 나라에는 가족도 없고, 친구도 없고, 직장 상사도 없고, 거래처 직원들도 없고, 밖에서 만날 수 있는 다른 여자들도 없다. 심지어 입소 첫날에는 나이나 직업 같은 기본적인 신상 정보조차 공개하지 않는다. 이곳에서는 순수한 원형 그대로의 사랑에 영향을 미칠 수 있는 모든 변수들이 통제되어 있다. 그러니까 사랑에만 집중할 수 있다. 내가 이곳에 온 이유는 그것이었다.

하지만 사회는 다르다. 솔로나라는 사랑을 하기 위한 공간이지만 사회는 사랑을 하기 위한 곳이 아니다. 그렇기 때문에 사랑 외에 수많은 변수들이 작용한다. 그렇기 때문에 순간의 감정에만 집중할 수 없다.

예를 들면 이런 것이었다. 솔로 나라에서는 이야기를 해보고 싶은 사람이 있다면 당장 여자 숙소에 가서 노크를 하고 "○○님! 잠깐 얘기 좀 하실래요?" 하면 된다. 그러면 상대는 좋건 싫건 응해야 한다. 협상에 응할지 말지는 상대방 자유지만 적어도 상대방을 협상 테이블에 앉힐 수는 있다. 그런데 사회에서는 다르다. 카톡을 보내야 한다. 부담스럽지 않되 너무 가벼워 보이지도 않는, 며느리만 아는 종갓집 김치 레시피 같은 최적의 멘트를 쳐야 한다. 그리고 답장의 간격과 분량, 이모티콘의 유무를 통해 상대방의 의중을 파악해야 한다. 반응이 호의적이라면 이 분위기를 계속 이어 나갈 방법을 찾아야 하고, 부정적이라면 더 노력해서 뒤집을지 아니면 접을지를 결정해야 한다. 상대방과 대화를 시작하는 것 자체가 구만리길이다.

그리고 솔로 나라에서는 무조건 선택을 해야 한다. 마음에 드는 상대방이 없더라도 일단 아무나 하고라도 데이트를 나가야 한다. 그러다 보면 기대하지 않았던 상대방으로부터 좋은 모습을 발견하기도 한다. 하지만 사회에서는 꼭 선택을 하지 않아도 된다. 딱히 마음에 드는 상대가 없거나, 혹은 있더라도 성공률이 높아 보이지 않으면 그냥 아무것도 안 해도 된다. 방구석에서 배 긁으면서 넷플릭스 보거나 고양이랑 놀면 된다. 사회에는 사랑 말고도 할 게 너무나 많다.

나 역시 그랬다. 군대에서는 전역만 하면 뭐든지 할 수 있을 것 같았지만 막상 나오고 보면 별것 없었듯 촬영을 마치고 솔로 나라를 떠나올 때도 다시 누군가를 사랑하게 된다면 놓치지 않겠다고 결심했지만 막상 변한 게 없었다. 나는 다시 예전의 나로 돌아왔다.

1. 연애

연애를 했다. 방송에 나왔던 내 모습에 호감을 가진 여자와 연락을 주고 받다가 연인관계로까지 발전하게 되었다. 그런데 한 달을 채 넘기지 못하고 헤어졌다. 너 때문은 아니었다. 너는 내게 지금껏 받아본 적 없는 사랑을 주었다. 나의 이야기를 귀 담아 들어주었고, 썩 매력적이진 않은 겉모습 뒤에 숨겨진 나의 진심을 봐주었다. 나를 멋지고 사랑스러운 사람이라고 말해주었다.

문제는 나였다. 사랑을 받으니 사랑이 쉬워보였다. 매번 여자한테 거절당하기만 했던 나의 과거도, 누군가 나를 있는 그대로 사랑해주기만 한다면 나 역시 최선을 다해 그 마음에 보답하겠다고 했던 다짐들도 금방 잊어버렸다. 메시지는 점점 짧아졌고 간격은 늘어났다. 분위기 좋은 레스토랑보다 번화가에 있는 가성비 좋은 식당을 찾아다니기 시작했다. 면접관이라도 된 듯이 너를 평가하기 시작했다. 예전에 나를 사랑하지 않았던 여자들이 하던 행동을 그대로 따라하기 시작했다.

멘탈을 다잡으려 애썼다. 너 정도의 여자가 나를 이렇게 사랑해 준 적은 지금까지 없었다, 아마 앞으로도 없을 거다, 그러니 주제를 파악하고 이 여자에게 충실해야 한다, 이렇게 스스로에게 주문을 걸었다.

하지만 별 소용 없었다. 한 번 소홀해진 마음은 다시 다잡아지지 않았다. 열심히 연락을 주고 받고 열심히 데이트를 하고 사랑의 언어를 속삭였지만 어디까지나 '열심히'였다. 사랑은 노력으로 되는 게 아니었다. 본능을 거스르기에 의지의 힘은 너무나 미약했다.

그렇게 끝났다. 헤어지자고 한 건 너였지만 사실 내가 한 거나 마찬가지였다. 사랑하진 않았지만 그렇다고 나쁜 남자가 되고 싶지는 않아서 시간만 질질 끌었다. 사랑하지 않는 티는 다 내면서. 결국 네가 버티지 못하고 먼저 헤어지자 말했다. 최악의 이별이었다.

2. 첫 책 출간

[페미니스트들에게 던지는 치사하고 쪼잔한 질문들]이라는 제목으로 첫 책을 출간했다. 3년을 넘게 준비한 책이었다. 드디어 오랫동안 꿈꿔왔던 작가의 꿈을 이루었다.

광화문 교보문고에 내 책이 꽂혀있는 걸 봤을 때는 내가 뭐라도 된 줄 알았다. 50만 명 넘는 대형 유튜브 채널들에서 인터뷰 섭외가 들어오고, 공중파 토론 프로그램에 나갔을 때 나는 내가 포스트 이준석 내지는 최소 성재기 정도는 될 줄 알았다.

하지만 그게 다였다. 나에게는 그들만 한 스타성이 없었다. 페미니스트라면 치를 떠는 2030 남자들을 열광시킬 사이다 발언을 할 만큼 대담하지도 못했고, 기득권층인 남성들이 사회적 약자인 여성에게 양보해야 더 정의롭고 공정한 사회가 된다며 위선을 떨 만큼 낯짝이 두껍지도 못했다. 그저 방구석에서 책이나 읽고 글이나 쓰는 게 어울리는 백면서생. 내 그릇은 딱 그 정도였다.

더 이상 나를 찾아주는 매체는 없었고, 내 책은 서점 매대에서 내려갔다. 저자인 내 눈에도 잘 안 보일 정도로 구석진 곳에 짱박혀 버렸다. 내 인생 일대의 도전은 그렇게 끝났다.

3. 자존감

방송 출연 이후 자존감이 높아졌다 생각했지만 그 역시 그대로였다. 나는 늘 사랑 앞에 비겁한 남자였다. 내 마음이 가는 대로 행동하기보다 상대방이 어떻게 받아들일지, 망신당하고 상처받지나 않을지 하는 걸 더 신경 썼다. 그러다 기회를 놓쳤다. 어쩌다 연애를 시작해도 오래 지속하지 못했다. 실패의 경험이 쌓여갈수록 나는 더욱 의기소침하고 비겁해졌다.

하지만 솔로 나라에서는 달랐다. 내 감정에 충실하게 행동했다. 물론 내가 원했던 여자와 연인이 되지는 못했다. 하지만 적어도 그 마음만은 전해졌다. 너는 내게 좋은 사람이라 말해주었고, 그래서 나는 다시 힘을 낼 수 있었다.

그러니 앞으로도 잘할 수 있을 거라 생각했다. 잘 생기고 키 크고 돈 많은 사람은 아니지만 나는 좋은 사람이니까, 누군가는 내 마음을 알아줄 거라 생각했다. 다시는 스스로의 가치를 의심하지 않겠다고 다짐했다.

하지만 그때뿐이었다. 출연자들끼리의 모임에 참석했는데 아무도 나에게 말을 걸어주는 사람이 없을 때, 나를 응원했다거나, 실물이 훨씬 낫다 하는 얘기를 아무도 안 해줄 때, 다른 출연자들은 미방분 영상이 올라오는데 나만 안 올라올 때, 통편집을 당했을 때, 내 인스타그램 팔로워가 다른 출연자들보다 적은 걸 볼 때, 라이브 방송을 켰는데 아무도 들어오지도 않고 댓글도 안 달아줄 때, 부정적인 자아가 다시 살금살금 기어나왔다. 그럼 그렇지. 이 따위니까 맨날 차이기나 하는 거지. 외모, 재력, 센스 무엇하나 내세울 거 없는 나같은 남자를 여자들이 거들떠볼 리가 없지. 그러니까 내가 이 프로그램에서 커플이 못 된 거지.

다 그렇게 끝났다. 나는 유명한 작가가 되지도 못했고, 누군가의 연인이 되지도 못했고, 수년 동안 나를 괴롭혀왔던 부정적인 자아상을 극복해내지도 못했다. 내게 남은 거라고는 출연료 100만 원. 세금 떼고 96만7천 원이 다였다.

200일

그러다 소개팅을 하게 되었다. 나는 솔로 11기에 출연했던 영식(85년생, 외국계 기업 해외 영업)의 소개로 만나게 되었다.

나와 비슷한 주파수를 가진 사람이었다. 차분하고 잔잔했다. 일을 마치고 저녁 시간대에 만났는데도 피곤하거나 불편하다는 생각이 들지 않았다. 솔직함을 빙자해서 타인에게 상처를 주는 것보다는 차라리 사회적인 가면을 쓰는 게 낫다고 생각하는 점도, 돈이나 커리어를 위해 모든 걸 걸기보다 내가 아끼고 사랑하는 사람들과 소소한 즐거움을 누리며 사는 걸 원하는 점도 나와 닮았다고 느겼다. 그리고 무엇보다, 예뻤다.

순조로웠다. 주선을 해준 11기 영식을 통해 방송에 나온 내 모습에 호감을 갖고 있다는 걸 이미 알고 있었기 때문에 조금 더 자신감이 붙은 상태였다. 자연스럽게 집에도 바래다주게 되었다.

조수석에 그녀를 태우고 약 30분, 아파트 단지가 하나 나왔다. 근처 공터에 차를 세우고 5분 정도 걷는데, 여기란다. 아쉬웠다. 더 많이 얘기 나누고 싶은데. 이대로 보내기는 싫은데. 다음번에 만났을 때 오늘 같은 감정이 아니면 어쩌지? 오늘 분위기 좋을 때 더 확실하게 잡아두는 게 낫지 않나? 하지만 별다른 방도가 없긴 했다. 오늘 만난 사이에 집에까지 따라 들어가겠다고 하는 건 너무 속보이니까. 그런 생각을 하는데 그녀가 물었다.

"저한테 더 궁금한 건 없어요?"

물론 궁금한 건 많았다. 가족들은 어떤 사람들인지도 궁금했고, 학창 시절엔 어떤 아이였는지도 궁금했고, 나중에 애완동물을 키워보고 싶은 생각이 있는지도 궁금했고, 가보고 싶은 해외 여행지가 있는지도 궁금했다.

그런데 정말일까? 나는 그게 궁금한 걸까? 그녀는 개를 키우고 싶어 할 수도 있다. 아니면 고양이를 키우고 싶어 할 수도 있다. 그녀는 학창 시절 빼빼로 데이나 화이트데이마다 사물함이 꽉 차도록 선물을 받는 인기녀였을 수도 있다. 아니면 그냥 교실 한 귀퉁이에 조용히 앉아 있는 평범한 학생이었을 수도 있다. 그런데 그게 그렇게 중요한가? 지금 이 순간 내가 느끼는 감정이 그녀가 영국에 가고 싶은지 프랑스를 가고 싶은지 따위에 바뀔 수 있는 종류의 것인가?

그렇다면 내가 진짜로 묻고 싶은 건 뭐지? 나는 왜 저녁까지 일하고 피곤한 몸을 이끌고 이름도 얼굴도 모르는 여자와 시간을 보내고 있지? 무엇 때문에 오늘 처음 본 여자를 바래다준다고 여기까지 와 있지? 더 궁금한 건 없냐는 질문에 내 머릿속이 복잡해지는 건 왜지? 내가 진짜로 궁금한 건 따로 있는데, 별로 중요하지도 않은 것들을 왜 물어봐야 하지?

그런 생각을 하는데 나란히 걷던 내 오른손과 그녀의 왼쪽 손등이 스쳤다. 순간 머릿속에서 스파크가 튀었다. 마치 내셔널 지오그래픽 야생 다큐멘터리에 나오는 아마존 아나콘다가 순식간에 먹잇감을 휘감아 버리듯이 내 오른쪽에 있는 하얗고 조그만 손을 휘감아 버렸다. 그리고 말했다.

"저는 그쪽이 엄청 예쁘고 귀엽고 러블리하고 섹시하고 골져스하다고 생각하는데, 그쪽 생각은 어떤지 궁금해요."

그 후, 나는 내가 살아온 60번이 넘는 200일 중 가장 행복한 200일을 보내게 된다.

모솔

제대로 된 연애와 그렇지 못한 연애를 구분 지으려 하는 게 싫었다. 보통 여자들이 이러는 경우가 많은데, “연애 몇 번 해봤어요?”라고 물으면 눈을 위로 치켜뜨고 잠깐 고민하다가 “음… 제대로 사귄 것만 하면 세 번?”하고 대답하는 식이다. 제대로 사귄 게 세 번이라고? 그럼 나머지는 제대로 안 사귀고 대충 사귀었다는 거야? 끝이 어땠건 처음에는 그 남자가 좋았으니까 사귀었을 거 아냐? 벚꽃놀이 가야 하는데 사진 찍어줄 사람이 없어서, 크리스마스에 선물 줄 사람이 없어서 잠깐 사귀는 척만 했다는 거야?

그런데 그들이 맞았다. 연애라고 다 같은 연애가 아니

었다. 그리고 그동안 내가 연애라고 믿었던 것들은 사실은 연애가 아닌 것에 속했다. 예를 들면 이런 것이었다. 나는 매 순간 최선을 다해서 사랑했다. 항상 먼저 연락했고, 먼저 나가서 기다렸고, 먼저 사과했고, 사랑한다고 말했다. 그런데 그 마음을 돌려받은 적은 한 번도 없었다. 앞서나간 마음은 너의 마음에 담기지 못하고 쏟아져 버렸다. 그저 아낌없이 사랑을 주고 싶었을 뿐이었던 나는 너무 착하고 고맙지만 왠지 마음이 가지 않는, 부담스럽고 미안한 사람이 되어있었다.

그래서 나는 말했다. 결국 사람의 마음도 수요와 공급의 법칙에 의해 굴러갈 뿐이라고. 그러니 내 가치를 높이려면 마음의 공급량을 줄여야 한다고 말했다. 진심과 헌신은 결국 흔하고 진부한 마음이 될 뿐이라고 말했다.

그러면 여자들은 반론했다. "그건 네가 제대로 연애를 안 해봐서 그래. 진짜 좋아하는 남자를 만나면 여자들도 먼저 나서서 애정 표현하고, 배려해 주는 만큼 고마워하고 보답하게 되어있어."

우스웠다. 그래, 그렇겠지. 너희들이 좋아하는 185cm

존잘 근육질 전문직 금수저 남자를 만나면 그렇게 하겠지. 나 같이 보잘것없는 남자의 진심에는 코웃음도 안치던 너희들이 다른 누군가에게는 언제 그랬냐는 듯이 순진무구한 얼굴로 진심을 갈구하겠지. 곤충이나 벌레에게는 포식자인 뱀이 독수리에게는 먹잇감이 되어버리듯이 말이야. 결국 사랑이라는 것도 덜 섹시한 쪽이 더 섹시한 쪽에게 잡아먹히는 먹이사슬일 뿐이잖아?

그런데 내가 그 '진짜 좋아하는 남자'가 되어보니 알겠다. 저 말이 맞다. 연애는 수요와 공급의 원리로 굴러가지 않는다. 세상에는 많이 베풀수록 더 풍요로워지고 그 가치가 빛나는 것들이 존재한다.

만난 지 며칠 되지 않은 날, 너는 친구와 술을 마셨다. 취해서 다음 날까지 연락이 되지 않았다. 저녁이 되어서야 핸드폰을 잃어버렸다가 겨우 찾았다며 연락이 왔다. 나는 헤어짐을 직감했다. 내가 싫은가 보네. 내가 오죽 쉬워 보였으면 만난 지 며칠 안 된 남자친구를 두고 저렇게 술을 마셨을까. 아무리 취했기로서니 잘 들어갈 테니 걱정 말고 잘 자라는 한마디 할 경황이 없었을까. 하지만 내

색하지 않았다. 어차피 오늘 헤어질 것 같으니 속는 셈 치고 최선을 다하기라도 해보기로 했다. 오늘 당장 만나자며 김포에서 오산까지 두 시간을 내리 달려갔다. 그리고 전날 술에 취해 연락이 두절되었던 것에 대해 한 마디도 추궁하지 않았다.

그리고 또 며칠 뒤, 추석 연휴가 되었다. 너는 강원도 원주에 있는 할아버지 댁에 가서 9박 10일을 보낼 거라고 했다. 고민했다. 앞으로 9박 10일이나 못 만난다고? 이제 만난 지 겨우 일주일인데? 9박 10일 만에 만나면 어색해져 있는 거 아냐? 그 사이에 마음 뜨면 어떡하지? 하지만 한편으로는 이런 생각도 들었다. 만난 지 얼마 안 된 사이에 원주까지 가는 건 너무 과하지 않나? 원주에 친구도 없을 텐데 시내에 나간다고 하면 너희 가족들이 이상하게 보지 않을까? 가족들에게 나 남자 생겼어요, 하고 공표하는 꼴이 아닌가? 부담을 주느니 그냥 기다리는 게 더 여유롭고 남자다워 보이지 않을까? 하지만 이번에도 그냥 단순하게 생각하기로 했다. 원주로 풀 악셀을 밟았다. 또 한 번 속는 셈 치고.

그런데 이번에는 달랐다. 너는 나를 싸구려 취급하지 않았다. 내 마음이 부담되고 진부하고 재미없다고 하지 않았다. 나의 마음의 가치를 알아주었다. 그리고 더 큰마음으로 보답했다. 속는 셈 치겠다고 마음먹었을 때, 배신당하고 상처받길 각오했을 때 비로소 나를 속이지 않고 배신하지 않고 상처 주지 않는 사람이 나타났다.

이제 알게 되었다. 사랑은 수요와 공급의 법칙 따위로 굴러가는 게 아니다. 그보다 훨씬 숭고하고 아름다운 것이다. 사랑이 잘못된 게 아니라, 내가 만났던 여자들이 나를 사랑하지 않았을 뿐이다. 내가 그동안 연애라고 믿었던 것들이 연애가 아니었을 뿐이다. 나는 모태 솔로였던 것이다.

신화

신라의 시조 박혁거세는 알에서 태어났다고 한다. 고조선의 단군왕검은 삼칠일 동안 마늘을 먹고 곰에서 사람이 된 웅녀의 아들이라고 한다. 로마제국은 전쟁의 신 아레스의 아들로 태어나 늑대의 젖을 먹고 자란 쌍둥이 형제, 로물루스와 레무스에 의해 세워졌다고 한다.

옛날 사람들은 왜 이런 허무맹랑한 이야기를 만들어 냈을까? 특별해야 했기 때문이다. 너희 피지배층과 우리 지배층들은 태생부터 달라야 하니까, 우리가 너희를 지배하는 건 인간의 노력으로 어찌할 수 없는 신의 뜻이요 자연의 이치여야 하니까 이런 말도 안 되는 이야기를 만들어 낸 것이다.

너와 나도 그랬다. 나는 왜 너를 사랑했는가? 예뻐서? 착해서? 나와 잘 맞아서? 물론 그랬다. 너는 착하고 예쁘고 나와 잘 통했다. 그런데 그게 전부일까? 예전에 만났던 여자들은 안 예뻤나? 성격이 이상했나? 아니었다. 걔들은 걔들 나름대로 예쁘고 착했다. 너도 그랬을 것이다. 네가 만났던 남자들 중에 내가 제일 키 크고 직업 좋고 잘생긴 남자는 아니었을 것이다.

그래선 안 됐다. 우리는 서로에게 운명이어야만 했다. 잘생기거나 예뻐서, 착하고 배려심이 깊어서, 대화가 잘 통해서 같은 뻔한 거 말고, 좀 더 운명적인 무언가가 필요했다. 우리는 서로에게 절대로 대체될 수 없는 특별함을 가진 사람이어야만 했다. 그래서 우리는 우리만의 건국 신화를 만들었다.

나는 좋은 사람이었다. 첫 만남에는 시끄럽고 지저분한 삼겹살집이 아니라 조용하고 근사한 레스토랑에 갔고, 계산은 당연히 내가 했다. 술을 마시자고 하거나 스킨십을 시도하지도 않았다. 축구나 군대, 게임 같은 여자들이 지루해하는 이야기를 혼자 신나서 한참 동안 떠들어대지도 않았다. 그래서 나는 좋은 사람이었다. 매너 있고 착한 사람. 대화를 재미있게 잘 이끌어나가는 사람. 성실하고 배울 점이 많은 사람. 소개팅을 마치고 나면 주선자로부터 항상 이런 평을 들었다.

하지만 끌리는 남자가 되는 건 완전히 다른 문제였다. 좋은 사람이란 사회가 우리에게 부여한 규칙에 순응하는 사람이다. 열심히 일하고 열심히 공부하는 사람. 돈을 함부로 쓰지 않는 사람. 윗사람들의 지시를 잘 따르는 사람. 가정과 직장, 사회와 국가라는 거대한 기계장치에 속한 하나의 톱니바퀴로서 제 역할을 충실히 수행하는 사람. 한편 끌리는 남자라는 말은 좀 더 원초적이다. 200만 년 전 아프리카 대륙 한 귀퉁이에서 최초의 인류가 탄생한 이래 무수한 성 선택의 과정을 거치며 만들어진 여성의 본능이 원하는 남자다.

좋은 사람이었던 내가 매번 연애에 실패해 온 건 그 때문이었다. 나는 부드럽고 예의 바르며 근면 성실한 사람이다. 현대 문명사회에 적합한 사람이다. 매일 정확한 시간에 출근해서 정확한 시간에 퇴근하고, 상사의 명령에 복종하며, 불합리하고 무례한 고객의 요구에도 미소를 잃지 않을 수 있는 사람이다. 하지만 본능적으로 끌리는 사람은 그런 사람이 아니다. 충동적이고 공격적이며 지배적인 사람이다. 이웃 부족이나 맹수의 습격으로부터 암컷을 지켜줄 수 있는 알파 메일이다. 우리의 본능은 여전히 그 시절에 머물러 있다. 문명의 역사 5,000년은 유전자의 관점에서는 찰나와 같이 짧은 시간이다. 그래서 우리는 젠틀하고 성실한 사람을 만나고 싶다고 말하면서 정작 돌도끼 들고 매머드 잡으러 다니던 시대에 어울리는 사람에게 끌린다.

그래서 나는 매번 거절당했다. 매너 있고 온순하고 부지런하고 대화도 잘하고 배려심도 있지만 왠지 이성으로 끌리지는 않는 사람이라는 말을 수십 번을 들어왔다. 그게 너무나 답답했다. 행동거지가 문제였다면 언행을 조심하면 되고, 패션이 문제라면 옷을 사 입으면 되는데 '왠지' 안 끌린단다. 왜 안 끌리는 건지 본인들도 모르겠단다. 그러니 뭘 고쳐야 할지 알 수가 없었다.

그런데 처음으로 그 보이지 않는 선을 넘었다. 처음 너를 바래다주던 날, 아파트 현관 앞에서 너는 물었다. 물어보고 싶은 게 더 있냐고. 궁금한 거? 나는 네가 좋은데 너는 날 어떻게 생각하는지 궁금하지. 좋은 사람, 착한 사람 따위 뻔한 소리 말고 한 마리 수컷으로서 나에게 본능적 끌림을 느끼는지 궁금하지. 나랑 짝짓기를 하고 싶은지 궁금하지. 하지만 문명인들은 그렇게 직접적으로 묻지 않는다. 애완동물을 키우는지, 좋아하는 음악이나 영화는 어떤 장르인지, MBTI는 뭔지 따위를 묻는다. 그런 질문들을 통해 공감대를 형성하고 나에 대한 상대방의 호감도를 간접적으로 확인한다. 나를 어떻게 생각하냐는 질문은 그렇게 리스크를 줄인 후에 한다. 그게 합리적이며 안정 지향적인 문명인의 방식이다.

그런데 그날 나는 그렇게 하지 않았다. 아무 말도 않고 손을 잡았다. 나는 너 좋은데 너는 어떠냐고 물었다. 네가 나에 대해 어떻게 생각하고 있을지도, 거절을 당한다면 분위기가 얼마나 어색해질지도, 어디 함부로 손을 잡냐며

따귀를 날리면 어떻게 할지도 생각하지 않았다. 미래가 아닌 현재에 충실했다. 가을에 곡식을 거두기 위해 봄에 씨를 뿌리는 농경인의 방식이 아니라 지금 동물을 사냥해서 지금 고기를 먹는 야만인의 방식을 택했다. 하필이면 다른 여자가 아닌 너의 앞에서. 그게 우리의 신화를 구성하는 첫 번째 우연이었다.

두 번째 우연은 너였다. 순간의 감정에 충실하게 행동하는 건 전혀 어려운 게 아니다. 그냥 하고 싶은 대로 하면 된다. 손잡고 싶으면 손잡고 키스하고 싶으면 키스하고, 섹스하고 싶으면 옷을 벗기면 된다.

그런데 나는 그동안 왜 그렇게 하지 못했을까? 나의 행동을 상대방이 어떻게 받아들일지 예측할 수 없었기 때문이다. 서로가 서로에게 성적 호감을 갖고 있다면 아무 말 없이 손을 잡거나 키스를 해도 되지만 그렇지 않은 상대에게 그렇게 했다간 경찰에 끌려갈 수도 있다. 로맨스와 범죄는 종이 한 장 차이다. 그러니까 우리는 언어적 혹은 비언어적 단서들을 총동원해서 상대방의 마음을 알아내려 하는 것이다.

그런데 바로 그날, 내가 처음으로 복잡하고 세련된 문명인들의 절차를 건너뛰고 야만인의 방식을 택한 날, 공교롭게도 너는 내게 호감을 갖고 있었다. 나의 무모한 행동을 남자답고 로맨틱한 행동으로 받아들일 수 있을 만큼. 만약 그렇지 않았더라면 나는 지금쯤 네 손을 잡고 있는 게 아니라 발목에 전자발찌를 차고 있었을 것이다.

이 두 개의 우연. 그리고 두 우연의 곱사건으로 만들어진 더욱더 기가 막힌 우연. 너와 나의 관계는 그만큼 특별했다. 이게 우리가 만든 우리의 신화였다.

매력

연애를 통해 자기 자신을 알게 된다는 말을 경멸했었다. 그런 말을 하는 사람들치고 정말 삶과 세상, 그리고 자기 자신에 대해 놀라운 인사이트를 보여주는 사람을 한 번도 본 적이 없기 때문이다. 그렇게 따지면 일평생 독신으로 살았던 쇼펜하우어는 자신에 대해 하나도 모르는 멍청이겠네? 그런 말을 하는 사람들은 대개 1년에 책 한 권도 안 읽는 사람들이었다.

그런데 그건 맞는 말이었다. 친구에게 너를 소개해 준 적이 있었다. 내 어떤 점이 좋냐는 질문에 너는 내가 말을 정말 예쁘게 한다고 했다. 의아했다. 나는 말을 예쁘게 하려고 한 적이 없기 때문이다. 말은 의사소통의 도구다. 의사소통은 의사, 즉 생각을 주고받는 일이다. 그렇기에 말에는 꾸밈이 없어야 한다. 내 생각을 최대한 있는 그대로 담아야 한다. 거짓된 의사를 전달해서 상대방을 의도적으로 속이려는 게 아니라면 말이다.

내가 쓰는 글 역시 그렇다. 나의 말이 내 머릿속에 있는 생각을 입으로 내뱉는 것이라면 내 글은 내 목소리를 노트북 자판으로 옮긴 것에 불과하다. 실제로 나와 대화를 해본 사람이라면 알 거다. 나는 말도 이렇게 한다. 내 말과 글, 그리고 생각은 삼위일체다.

그렇기에 나는 예쁜 말을 하는 자들을 경멸한다. 제약 영업을 하다 보면 거래처에서 종종 컴플레인이 발생한다. 효과가 약하다거나 제품에 부작용이 있다거나 하는 것들이다. 그럴 때 영업 사원들은 흔히 이렇게 말한다. "아, 원장님. 원장님께서도 아시겠지만 모든 제품에 100%라는 건 없습니다. 환자분들의 체질이나 그날 그날의 컨디션에 따라서 조금씩 편차는 있을 수 있습니다." 주저리주저리

말은 길지만 결국엔 잘 모르겠다는 소리다. 모르겠다고 하면 없어 보이니까 저렇게 예쁘게 돌려서 말하는 거다. 그런데 원장이 그걸 모를까? 그런 하나 마나 한 소리를 듣자고 나와 대화를 하고 있는 걸까? 나는 그래서 그냥 모른다고 한다. "죄송하지만 처음 들어보는 케이스라 잘 모르겠습니다. 본사에 확인해 보고 답변드리겠습니다."라고 한다.

그런데 그게 아니었다. 말을 예쁘게 한다는 건 별것도 아닌 말을 이리저리 돌려서 예쁘게 포장한다는 뜻이 아니다. 말속에 담겨 있는 생각이 예쁘다는 뜻이다. 매번 어긋나고 깨져서 상처받기만 하면서도 꿋꿋하게 사랑을 믿어 온 나의 과거가, 그렇게 간직해 온 마음을 너에게 주고 있는 지금의 내 모습이 예쁘다는 뜻이다.

그걸 알게 된 건 내가 사랑을 했기 때문이다. 사랑에 상처받았던 나의 과거, 그 과거가 쌓여 만들어진 지금의 내 모습, 그리고 내가 꿈꾸는 미래. 나에게는 아주 중요한 주제다. 하지만 세상 사람들에겐 그렇지 않다. 동호회나 회사 동료들과의 회식 자리에서 그딴 얘기를 해보라. 분위기가 어떻게 되나. 나와 10년 이상 알고 지낸 친구도 그런 얘기 하면 “야, 재미없는 얘기 그만하고 술이나 까.” 한다. 그렇기 때문에 그들은 나를 모른다. 연봉이 얼마고 직장이 어디고 어디 대학 나왔고, 하는 겉모습만 볼 뿐 그 안에 담긴 나라는 인간을 봐주려 하지 않는다.

하지만 너는 달랐다. 음침하고 재미없는 나의 이야기를 들어주었다. 아름답지 않았던 과거의 이야기들과 그로 인해 묘하게 틀어져 버린 내면까지 이해해 주었다. 그걸 예쁘다고 말해주었다.

그래서 이제 나는 말할 수 있다. 제 매력이요? 말을 좀 예쁘게 하는 편인 것 같아요.

사랑

나는 솔로 전 출연자들과 보드게임 모임을 했다. 보드게임에 딱히 관심이 있지는 않았지만 다들 보드게임 좋아한다고 하길래 얼굴이나 볼 겸 따라간 것이었다.

여러 가지 게임을 해보다가 어느 카드 게임을 했는데 멤버 중 한 명이 갑자기 열을 올리기 시작했다. 지금 나와 있는 패 중에 제일 높은 게 몇 점짜리인데, A에겐 패가 두 장 남았고, 그 중에 하나가 1점짜리일 가능성은 얼마나 되고, 6점일 가능성은 얼마가 되고 그러면 경우의 수가 어쩌구 저쩌구... 하면서 신나서 떠들어대기 시작했다.

'저게 저렇게까지 할 일인가…?'

그걸 들으면서 이런 생각을 했다. 보드게임이 재미가 없었던 건 아니다. 반사신경이나 순발력을 요하는 게임도 재미있었고, 추리력이나 숫자에 대한 감각이 필요한 게임도 재미있었다. 그냥 여러 사람 모여서 떠드는 것 자체가 오랜만이라 즐겁기도 했다. 내성적인 성격 탓에 사람 많은 곳에 있으면 금방 방전되는데 시간 가는 줄 모르고 재미있게 놀았다. 저녁 8시에 모였는데 정신 차리고 보니 새벽 2시였다.

근데 저 정도는 아니었다. 그냥 이기면 좋고 지면 마는 거지 뭘 저렇게까지 하나 싶었다. 종이 쪼가리랑 플라스틱 말판으로 하는 놀이 따위에 굳이 경우의 수와 확률까지 동원하고 싶다는 생각이 들지는 않았다.

그때 네가 떠올랐다. 예전부터 나에게는 여자 친구와 PC방을 가보고 싶은 로망이 있었다. 디아블로2의 재미를 알려주고 싶어서였다. 나는 게임에 관심이 별로 없는 편이다. 옛날에 유행하던 바람의 나라, 포트리스, 레인보우

식스에서부터 최근의 롤이나 오버워치, 배그까지, 한 시대를 풍미한 게임들 중 대부분을 안 해봤다. 그래도 스타크래프트랑 디아블로2는 꽤나 열심히 했다. 중학생 때는 친구들과 스타크래프트 길드를 만들어서 이웃 학교와 시합을 하기도 했다. 하지만 여자 친구에게 차마 스타크래프트를 가르칠 엄두는 내지 못했다. 너무 어려웠기 때문이다. 나도 못 이기는 고인물들을 여자 친구가 이길 리가 만무했기 때문이다. 하지만 디아블로2는 해봄직하다고 생각했다. 이건 쉬웠기 때문이다. 컨트롤도 전략도, 스토리도 없이 그냥 마우스 클릭하면서 때려잡으면 되는 게임이기 때문이다. 그래서 디아블로2는 여자 친구와 한 번쯤 해보고 싶었다.

그래서 너를 PC방에 데려갔다. 아니나 다를까 재미있어했다. 앉은 자리에서 3~4시간이 순삭되었다. 하지만 거기까지였다. 이 아이템이 저 아이템보다 왜 좋은지, 왜 이 기술이 아니라 저 기술을 써야 하는지를 알려주려 하자 하품을 하기 시작했다. (애초에 실력을 요하는 게임이 아니지만)실력도 늘지 않았다. 레벨 1때 주먹 도끼 들고 고블린 때려잡던 걸 레벨 80에도 하고 있었다.

'이 쉬운 게임을 왜 이렇게 어려워하지?'

의아했다. '여자들은 남자들보다 숫자에 대한 감각이 부족해서 라이프와 마나를 관리하고 디펜스 수치와 공격력을 높여야 하는 게임을 잘 못하는 건가?' '운전도 잘 못하는 것 같던데, 네비게이션을 보면서 차를 운전하는 것과 모니터를 보며 캐릭터를 조종하는 게 비슷해서 그런가?' 하면서 네가 이 게임을 왜 어려워하는지에 대해 나름대로 가설을 세워보기도 했다.

그런데 이제 알겠다. 그건 사랑이었던 거다. 보드게임은 재미있다. 하지만 수능 문제를 풀 때처럼 머리를 쥐어짜야 할 정도로 재밌지는 않다. 그냥 사람들 모여서 왁자지껄하는 재미로 하는 거다. 너에게 디아블로도 마찬가지다. 그냥 마우스 좌클릭만 하면서 때려잡는 재미로 하는 거다. 굳이 게임의 세계관이나 스토리, 아이템과 스킬, 육성법에 대해 알고 싶을 정도는 아닌 거다. 그런데 너는 왜

PC방에 갔을까? 왜 관심도 없고 이해도 안 가는 설명을 지루한 티 안 내고 듣고 있었을까? 남친이니까 그런 거다. 그냥 사랑하는 사람이 하자고 하니까 재미없어도 따라간 거고, 재미없어도 듣고 있었던 거다.

그건, 사랑이었던 거다.

롱디

그런데 헤어졌다. 큰 이유 중의 하나는 부모님의 반대였다. 나는 서울 강서구에 살고 김포에서 일하고 있는데 너는 오산에 살고 있다. 결혼을 한다면 나는 오산에서 김포까지 매일 왕복 80km, 2시간씩 출퇴근을 해야 한다. 왕복으로는 4시간, 160km다. 나이를 먹을수록 체력적인 부담은 커질 것이다.

너의 배경에 대한 반대도 있었다. 사실은 네가 아니라 나의 문제였다. 나는 연세대학교 행정학과를 나왔다. 수능 전 과목 1등급을 받았다. 하지만 그에 걸맞은 직장을 다니고 있지는 않다. 전문직도 아니고 공기업도 아니고 삼성 엘지 급 대기업도 아니다. 평범한 중소 제약회사에서 영업한다. 부모님에게는 그게 큰 상처였다. 물론 나에게는 꿈이 있다. 지금 내 위치가 이렇다 해서 앞으로도 이럴 거라 생각하지 않는다. 나는 멋있게 살 거다. 실제로 그렇게 되기 위해 끊임없이 노력도 하고 있다. 하지만 그따위 뜬구름 잡는 소리를 들어주기에 부모님은 나이가 많이 드셨다. 어른들은 원래 눈에 보이는 것밖에 보지 못하는 법이다. 그래서 그걸 한 방에 역전해 줄 수 있는 며느릿감을 원했다. 1등급 자식이 3등급 직장에 다니고 있으니 며느리가 2등급을 역전시켜 줘야 했다.

결국 헤어지게 되었다. 물론 꾸역꾸역 결혼을 추진할 수는 있었다. 모아놓은 돈을 합쳐서 오산에 집을 살 수도 있었고, 그게 어렵다면 주말부부를 할 수도 있었다. 주거비가 이중으로 나가면 대출금을 갚는 게 더 오래 걸리겠지만 불가능한 건 아니었다. 하지만 설령 그렇게 한다고 해도 며느리에 대한 부모님의 기대치를 낮출 방법은 없었다. 너를 환영받지 못한 며느리로 만들고 싶지는 않았다.

"결국 너는 부모님 핑계를 대고 있을 뿐이잖아?"

그런데, 내 이야기를 들은 친구가 이렇게 말했다. 친구는 두 달 전에 결혼을 했다. 친구네 부모님도 며느리를 탐탁지 않아 하셨다. 친구가 공무원이었기 때문에 며느리도 공무원을 데려오길 원했다. 하지만 친구는 포기하지 않았다. 그냥 여자 친구 집에 살림을 차렸다. 자취도 안 하는 친구였는데 그렇게 했다. 부모님한테는 술 마시고 친구네 집에서 자고 온다고 하면서 일주일에 며칠씩 보내고 왔다. 여자 친구도 좀 더 의욕적으로 대처했다. 친구네 가족 여행에 따라가서 직접 시부모님을 설득했다. 시부모님이 자기를 달가워하지 않는 걸 알면서도 그렇게 했다. 결국 두 사람의 노력에 부모님도 두 손 두 발 들었다.

하지만 나는 그렇게 하지 못했다. 정말로 오산에서 출퇴근할 수 있는지, 배우자로서 우리가 얼마나 잘 맞는지 시험이라도 해볼 수 있었지만 그럴 용기도 없었다. 해보지도 않고 지레 포기했다.

더욱 최악이었던 건 너와 헤어지겠다는 결심을 한 게 부모님과 연락을 끊었던 시기라는 것이다. 너를 만나는 200일 동안 나는 매일 부모님과 통화를 했고, 매 주말 잠깐이라도 본가에서 시간을 보냈다. 그렇게라도 해야 너와의 관계를 허락해 주지 않을까 싶어서였다. 하지만 결국 안 통했고, 홧김에 부모님 집에서 뛰쳐나가 버렸다. 그리고 2주 동안 연락을 하지 않았다.

그런데 공교롭게도 바로 그 시점부터 너의 단점이 보이기 시작했다. 부모님이 매일 나에게 헤어짐을 종용하고, 한숨과 눈물을 보일 때, 너는 완벽한 여자로 보였다. 너와 함께라면 살면서 닥쳐올 어떤 어려움도 이겨낼 수 있을 것만 같았다. 그런데 부모님과 연락을 끊었을 때, 아무도 나한테 헤어지라는 얘기를 안 하기 시작했을 때 비로소 너와 내가 완벽한 짝이 아닐 수도 있겠다는 생각이 들기 시작했다. 창밖에 태풍이 몰아칠 때는 집 안에 굴러다니는 자질구레한 잡동사니들이 보이지 않듯이.

그렇다면 우리는 왜 헤어진 걸까? 정말 부모님의 반대 때문일까? 어쩌면 나는 너를 사랑하지 않았던 게 아닐까?

그냥 적당히 즐기면서 연애만 하고 싶었던 게 아닐까? 그런 내 이기심을 숨기려고 부모님의 핑계를 댄 게 아닐까?

술

만난 지 200일이 조금 지난 어느 날 밤, 너에게 전화가 왔다. 술에 취해 어눌해진 목소리였다. 회식을 마치고 집에 가는데 몇 동 몇 호인지 못 찾겠다고 했다. 꼬부라진 발음으로 계속 횡설수설했다. 그러다 집에 도착했다며, 잘 자라고 하고 끊어버렸다.

실망스러웠다. 술을 마셨다는 자체 때문은 아니었다. 네가 술기운을 이기지 못하고 다른 남자와 부정한 행동을 저지른다거나 하는 상상을 했던 적은 한 번도 없었다. 나는 너를 믿었고 너는 단 한 번도 그 믿음을 져버리지 않았다.

실망스러웠던 건 삶을 대하는 너의 태도였다. 술을 마

셨다고? 소주가 한 병에 600kcal라던데? 그걸 빼려면 운동장을 스무 바퀴는 돌아야 할 텐데? 안주까지 먹었으면 몇 kcal야? 지금 시간은 또 몇 시인데? 밤 열두 시까지 마셨다고? 집에 와서 책 읽고 운동 다녀와서 글쓰기에도 바쁜 시간인데, 나는 그 시간도 아까워서 잠 줄여가면서 아침에 운동을 가는데 너는 열두 시까지 술을 마셨다고? 시간이 아깝지 않은 거야? 그렇게 허비한 시간들이 쌓여서 만들어질 너의 미래가 두렵지 않은 거야? 너에게는 하고 싶은 걸 참고 하기 싫은 걸 해야 할, 술이나 인스턴트 음식을 끊고 건강한 음식을 먹어야 할, 넷플릭스나 유튜브를 보는 대신 책을 읽어야 할 어떤 이유도 없는 거야? 그냥 되는대로 살면 그만인 거야? 더 건강하고 멋지고 훌륭한 사람이 되고 싶은 욕심이 하나도 없는 거야?

그날 나는 부모님의 반대를 무릅쓰고, 매일 장거리 출퇴근을 하면서까지 너와의 결혼을 추진해야 할 이유가 없다는 결론에 도달하게 되었다. 그래서 헤어졌다.

그런데 정말일까?

"내 배우자가 꼴도 보기 싫어질 땐 내가 이 사람의 어떤 점이 마음에 들어서 결혼을 결심했던 건지를 생각해 보세요."

친구 결혼식 때 주례를 서주셨던 목사님께서 이런 말씀을 하셨다. 세상 모든 것에는 장단점이 있다. 긍정적인 사람은 주변 사람들에게 밝은 에너지를 준다. 하지만 어떠한 문제가 발생했을 때 그 문제의 원인을 분석하고 해결하려 하기보다 무조건 잘 될 거라며 밑도 끝도 없는 긍정론을 주입하는 건 좋은 행동이라 보기 어렵다. 반면 투덜이들은 주변 사람들을 패배감과 냉소에 젖게 만든다. 하지만 그들은 때로 세상을 바꿀 혁신적 아이디어를 내놓기도 한다. 라이트 형제가 인간이 하늘을 날 수 없다는 사실에 대해 아무런 불만이 없었다면, 에디슨이 멀리 있는 사람의 목소리를 듣지 못하는 것에 대해 아무 불만이 없었다면 비행기나 전화기는 세상에 나올 수 없었을 거다. 그러면 왜 우리는 누군가를 긍정적이고 밝은 에너지를 주는 사람이라 칭찬하고 다른 누군가는 현실적인 대안 없이 행복 회로만 돌리는 무책임한 사람이라 비판할까? 결국 내 마음에 달린 문제다. 사랑에 빠지면 그 사람의 장점이 보이고, 정이 떨어지면 그 이면에 있는 단점이 보이는 것뿐이다. 그 사람이 변한 게 아니라 우리 마음이 변한 거다.

너도 마찬가지다. 너는 욕심이 없는 사람이었다. 삶을 갈아 넣어서 이루고 싶은 이상이나 꿈이 없는 사람이었다. 성실한 직원이자 착한 아내. 아이를 하나 정도 키우고 가끔 외식을 하거나 여행을 가는 지극히 평범한 삶. 네가 이루고 싶은 건 겨우 그게 다였다. 그래서 치열하게 살아야 할 이유가 없었다. 음식을 먹을 때마다 칼로리를 계산해 가며 스트레스받을 필요도, 주말에 늦잠 자고 싶은 걸 참아가며 아침 운동을 가고 책을 읽어야 할 필요도 없었다. 나는 그 모습에 실망했다.

그런데 아이러니하게도, 내가 사랑했던 것 역시 너의 그런 모습이었다. 200일이 조금 넘게 만나는 동안 우리는 한 번도 다툰 적이 없었다. 매일 웃을 일만, 행복한 일만 가득했다. 너는 내가 배려심이 깊고 말을 예쁘게 해서 그런 거라고 했다. 하지만 나는 안다. 나는 그렇게 좋은 사람이 아니다. 물론 착하고 순수하며 진실된 사람이기는 하다. 하지만 그걸 세련된 방식으로 표현할 줄 아는 사람은 아니다. 오히려 인간관계에 있어서는 서툰 점이 더 많다. 직장에서 동료들과 잘 어울리지 못해 힘들었던 시기도 있었고, 연애도 잘하지 못했다. 너를 만나기 전까지 6명의 여자와 사귀었지만 평균 교제 기간은 채 한 달이 되지 않았다.

그런 내가 너와 200일 동안 한 번도 안 싸우고 사귈 수 있었던 건 너에게 꿈과 욕심이 없었기 때문이었다. 나에겐 꿈이 있다. 세상을 놀라게 할 글을 쓰겠다는 꿈. 그걸 위해 내 인생을 기꺼이 갈아 넣겠다는 꿈. 하지만 그동안 내가 만나온 여자들은 그걸 이해해 주지 않았다. 그녀들에겐 욕심이 있었기 때문이다. 부동산 경매나 주식 투자를 공부하기도 바쁜 와중에 글을 쓰겠다며 돈도 안 되는 뜬구름이나 잡고 있는 남자를 애인으로 인정할 수 없었던 거다. 하지만 너는 달랐다. 너에게 꿈이 없었기에 내 꿈이 곧 너의 꿈이 될 수 있었다. 그래서 너는 나의 허황된 꿈을 이해해 주고 응원해 줄 수 있었다. 그래서 나는 너를 사랑했다.

결국 변한 건 네가 아니다. 나다. 200일 전이나 지금이나 너는 꿈이 없었다. 그런 너를 바라보는 내 눈빛이 달라졌을 뿐이다. 나를 주연으로 만들어 주기 위해 기꺼이 조연이 되길 자처했던 너에 대한 고마움이 '너는 욕심도 없어? 그렇게 평생 조연으로 살다 갈 거야?'하는 오만함으로 바뀌게 된 것이다.

그럼 왜 헤어진 걸까? 네가 문제였던 걸까? 노력하고 도전하지 않는, 비생산적인 일에 시간과 에너지를 낭비하는 너의 모습에 실망해서 내 마음이 떠나간 걸까? 아니면 일찌감치 떠나버린 내 마음을 변명하기 위해 나는 그럴싸한 핑곗거리를 찾고 있었던 걸까? 어쩌면 나는, 단 한 순간도 너를 진심으로 사랑하지 않았던 게 아닐까?

듀오

너와 헤어지고 처음으로 소개팅을 했다. 무난한 외모에 무난한 직장, 무난한 성격을 지닌 여자였다. 음식도 맛있었고 대화도 무난하게 잘 통했다. 함께 세 시간 정도를 보내고 자리에서 일어나기 전 나는 물었다. 오늘 어땠냐고. 그녀는 좋았다고 했다. 기대했던 것 이상으로 잘 맞는 점이 많은 것 같다고 했다. 내가 다음 주에 한 번 더 만나는 건 어떠냐고 묻자 그녀는 좋다고 대답했다.

하지만 집에 가서 연락을 하자 답장이 오지 않았다. 처음 보낸 카톡은 한 시간 후에 답장이 왔고, 그다음에 보낸 건 두 시간, 그다음엔 네 시간 후에 왔다. 두 배씩 늘어났다. 익숙한 패턴에 나는 익숙한 결말을 직감했다. 까였구나. 아니나 다를까 장문의 메시지가 왔다. 현민 씨 너무 좋은 사람이지만 어쩌구... 분명 좋은 사람 만날 거예요 저쩌구... 이제는 놀랍지도 않다. 제대로 읽지도 않는다. 취업 준비할 때 수십 번은 받았던 '귀하의 우수한 능력에도 불구하고'로 시작해서 '귀하의 커리어에 무궁한 발전이 있으시길 바랍니다'로 끝나는 메일 같은 거지 뭐.

그날, 처음으로 '다시 연락해 볼까?'하는 고민이 스쳤다. 너는 나에게 구원이었다. 나는 사랑을 원했다. 하지만 사랑은 너무 어려웠다. 매번 나는 거절당하고 상처만 받았다. 그렇게 나의 몸과 마음에 새겨진 상흔들은 숨기려 해도 숨겨지지 않았다. 음침한 말투와 자신감 없는 표정, 어딘가 미묘하게 뒤틀려 버린 생각들. 그래서 또 실패했고 또 상처받았다. 계속 반복되었다. 그래서 나는 기도했다. 누군가가 나를 이 구렁텅이에서 꺼내주기만 한다면! 그런데 네가 나타났다. 나도 멋지고 매력 있는 남자가 될 수 있다는걸, 사랑받을 자격이 있다는 걸 알려주었다.

하지만 금방 익숙해졌다. 처음으로 샀던 컴퓨터가, 휴대폰이, 자동차가 그랬듯이 당연한 것이 되어버렸다. 못나고 초라했던 나에게 찾아온 기적과도 같은 사랑은 1년도 되지 않아 나 정도 되는 남자라면 응당 받았어야 마땅한 것이 되어버렸다.

그래서 뒤돌아보지 않았다. 너 정도 여자는 어디서든 또 만날 수 있을 줄 알았다. 나보다 더 못나고 못 배우고 못 버는 놈들도 알아서 제 짝 만나는데 나라고 못 하리란 법이 있을까 싶었다.

그런데 한 번 차이니까 정신이 번쩍 들었다. 아, 맞다. 나 병신이었지? 서른다섯까지 여자랑 제대로 연애 한 번 못 해본 놈이었지? 그런 자신을 똑바로 바라볼 용기도 없어서 어차피 세상에 사랑이란 없다느니, 나쁜 남자가 되어야 한다느니 하며 정신 승리나 하던 놈이었지?

그리고 뒷일이 걱정되기 시작했다. 너와 헤어지고 나는 주변에 연락을 돌렸다. 헤어졌으니 여자 좀 소개해달라고 했다. 너를 만나기 전에 하던 결혼정보 회사에도 연락을 해두었다. 그땐 자신만만했다. 에이, 하나는 건지겠지. 나도 연애해봤잖아? 이제 알 건 알잖아? 나 정도면 어디 가서 내세울 정도는 아니지만 그렇다고 크게 빠질 정도도 아니잖아?

그런데 그게 아닐 수도 있다는 생각이 엄습해 오기 시작했다. 정말 하나는 건질 수 있을까? 정말 너보다 예쁘고 착하고 조건 좋은 여자를 만날 수 있을까? 결혼 정보회사 10회 중에 4회 남았는데 다 날리면 어떻게 되는 거지? 회비가 300만 원이었는데? 여섯 번을 아무런 소득 없이 날려 먹었으면서 나머지 네 번 중에 한 번은 성공할 거라고 하는 건 무슨 근거 없는 자신감이지?

그때 나는 너를 생각했다. '지금이라도 연락해 볼까?', '아직 너는 내게 마음이 있다고, 생각나면 연락해도 된다고 했는데?', '혹시 너무 늦은 건 아니겠지? 그 사이에 다른 남자 생긴 거 아냐?' 하는 생각을 잠깐 했다.

네가 사랑했던 남자는 그렇게 비겁하고 추잡한 인간이다. 그동안 이 여자 저 여자 찔러보다가 다 안 되니까 인제 와서 지푸라기라도 잡으려고 너에게 온 거다. 그러니 혹시라도 이 글을 본다면 행여 내가 너에게 연락하더라도 절대 받아주지 마라. '내가 어리석었다.', '너에게 상처 준 만큼 앞으로 더 잘하겠다.', '나에게 네가 얼마나 소중한 사람이었는지 이제야 깨달았다.'하는 입에 발린 소리를 하겠지만, 절대로 속지 마라.

감정

나는 너를 사랑했을까? 아마 그랬던 것 같다. 200일 조금 넘는 기간 동안 우리는 금토일을 꽉꽉 채워서 만났다. 30주 동안 100번 가깝게. 그중에 한 번도 나는 너를 혼자 보내지 않았다. 김포에서 오산까지 매번 바래다주었다. 그게 귀찮았던 적은 한 번도 없다. 기름값이 얼마나 나왔을지 계산하며 아까워했던 적도 없다.

만난 지 100일 되던 날, 너에 대한 책을 만들어 선물했다. 데이트를 할 때마다 그날의 생각과 감정, 하고 싶었던 이야기들을 조금씩 기록했다. 기억하고 싶었다. 네가 선물해 준 순간들을, 내가 살면서 한 번도 느끼지 못했던 행복들을 간직하고 싶었다. 다툰 날에도, 가장 힘든 날에도, 앞으로 있을 어떤 날에도.

실질적인 노력을 하기도 했다. 결혼을 과감하게 추진하지 못한 가장 큰 이유는 거리 문제였다. 오산에서 김포까지 매일 출퇴근을 할 수 있을지 확신이 서지 않았다. 그래서 회사에 영업지역을 옮겨달라고 했다. 오산에서 가까운 지역인 동탄에 공석이 생긴다면 맡아보고 싶다고 팀장님에게 말을 해두었다. 돈을 많이 벌어서 네가 집안 살림에만 전념하게 하는 방법도 생각해 보았다. 그래서 몇 달 동안 부업을 알아보기도 했다. 그리고, 부모님을 설득하기 위해 매주 본가에 내려가서 부모님과 대화를 했다. 매번 언성을 높이고 상처받는 말들을 주고받으면서 끝났지만 단 한 마디, 너와 헤어지겠다는 말만은 하지 않았다.

사랑하지 않았다면 그렇게 하지 못했을 거다.

그런데 정말인가? 결국 헤어졌지 않은가? 오산으로 내려가서 너와 살림을 합치기보다 너와 헤어지길 택하지 않았나? 돈을 많이 벌어서 너를 먹여 살리겠다는 계획도 실패했지 않은가? 결국에는 부모님에게 꼬리를 내렸지 않은가? 매일 왕복 네 시간 운전을 해서 출퇴근할 만큼, 너, 그리고 태어나게 될 미래의 아이를 혼자 벌어 먹여 살릴 만큼, 부모님과 의절을 할 만큼 널 사랑하진 않았던 거 아닌가? 결국 나는 200일 동안 너에게 했던 달콤한 약속들을 지키지 못했지 않았나? 그 약속들은 그저 너의 환심을 사기 위한 입에 발린 소리에 지나지 않았던 건가?

> 실패하면 반역, 성공하면 혁명 아닙니까?
>
> – 영화 [서울의 봄]

하지만, 꼭 그런 걸까? 뮤지션의 꿈을 품고 시골에서 서울로 상경한 20살 청년을 생각해 보자. 청년은 편의점 야간 아르바이트를 하면서 번 돈으로 레슨비도 내고, 고시원 방세도 낼 것이다. 밤잠을 줄여가며 곡도 쓰고 연습도 할 것이다. 하지만 그렇게 한다고 다 성공하진 않을 것이다. 재능이나 노력, 운 혹은 셋 다 부족해서 실패할 수도 있을 것이다. 그는 경력도 학력도 자격증도 없는 서른 살 무직 백수가 되어있을 것이다. 그는 스무 살 때의 자신을 어떻게 기억할까? 성공은 하고 싶지만 남들처럼 대학 가서 공부를 하거나 어릴 때부터 착실히 돈 모으긴 싫어서 애매한 재능과 젊음 하나 믿고 겁 없이 뛰어들었던 철없는 애송이였다며 헛웃음을 지을 것이다. 하지만 성공한다면 어떨까? 모든 게 미화될 것이다. 오디션 탈락, 부모님의 걱정, 번듯한 직장에 취직해서 돈 벌고 여자 만나서 장가가는 동갑내기 친구들을 볼 때 느꼈던 조급함과 질투심. 그런 것들마저도 자신의 성공을 더 극적인 걸로 만들어 주기 위한 에피소드들로 각색될 것이다. 기억이란 그렇다. '역사는 승자의 기록이다.'라는 유명한 말처럼 과거는 현재에 따라 재구성된다.

나는 어땠을까? 나는 널 사랑했던 걸까? 아니면 사랑하지 않았던 걸까? 주위 사람들이 우리를 인정해 주고 축복해 주었다면, 때마침 동탄 영업 담당자가 퇴사를 해서 공석이 생겼다면, 내가 너와 결혼을 했다면 이런 고민을 하고 있을까? 지금과 다른 결말이었다면 우리의 지난 200일에 대한 기억은 어떻게 달라졌을까?

대답해 줘.

"너는 어땠어?"

"행복했어?"

"지난 200일 동안 네가 받은 건 뭐였어?"

"사랑이었어?"

그랬다면, 나는 너를 사랑했던 것으로 믿을게.

Epilogue

해답

[나는 솔로]에 같이 출연했던 정식 영숙 부부의 집에 찾아갔다. 2년 반 전, 나와 같은 방에서 4박 5일을 보냈던 정식, 그리고 나와 랜덤 데이트를 했던 영숙은 부부가 되었고, 그들 사이에서는 아기가 태어나 있었다. 벌써 100일이었다.

그런데 나는 변한 게 없었다. 원점이었다. 오랫동안 준비해 온 책을 드디어 출간했지만 몇 권 팔리지 않았고, 영업을 그만두고 마케팅 PM에 도전했지만 잘 맞지 않아 다른 회사에서 다시 영업을 시작했다. 많은 것들을 한 것 같았지만 정작 남은 건 없었다.

사랑도 그랬다. 오랫동안 기다린 사랑을 만났지만 결실을 맺지는 못했다. 나는 또다시 혼자 남겨졌다. 20년 전에 그랬던 것처럼.

하지만 원점은 아니었다. 마치 나선형처럼, 한 바퀴를 돌아 제자리로 온 것 같지만 다시 돌아온 자리는 출발했던 자리와는 조금 달라져 있었다. 나는 작가가 되었다. 촬영 당시에는 작가 지망생이었지만 이젠 진짜 작가가 되었다. 그 덕에 유명한 유튜브 채널에 몇 번 출연했고, 공중파 토론 프로그램에도 데뷔했다. 칼럼니스트가 되어 작게나마 글 밥을 먹을 수 있게 되었고, 두 번째 책도 낼 수 있게 되었다. 인세를 내 월급만큼 받는다든지, 몇만 명 대 인플루언서가 된다든지 하는 일이 생기지는 않았지만 나는 어엿한 작가가 되었다. 내 글이 돈을 주고 읽을 가치가 있다는 걸 증명했다. 이제 작가는 되었으니 '대'작가가 되면 된다.

유명인의 삶이라는 것도 조금은 체험해 봤다. 거래처 직원들, 카페나 식당에서 만난 사람들이 나를 알아보고 사진을 찍어달라 하는 신기한 경험을 했다. 물론 조금은 아쉽기도 하다. 요즘에는 시청률도 많이 올랐고, 관련 콘텐츠들도 많이 생겼다. 지금 나간다면 훨씬 많은 관심을 받을 수 있을 것이다. 인스타 팔로워도 많이 늘고, 책도 많이 팔고, 다른 방송에도 출연할 수 있을 것이다. 하지만 나는 이 정도가 딱 좋다. 내 관심 그릇은 이 정도다. 과도한 욕심은 늘 화를 부른다. 앞으로 더 큰 사람이 되어서 더 많은 관심과 사랑을 받으면 된다. 나는 솔로의 정수가 아니라 인간 김현민, 작가 김현민으로서.

이직을 두 번이나 했다. 마케팅 PM을 해보려다 잘 안 풀려서 그냥 다시 영업을 하기로 했다. 연봉이 늘지도 않았고, 직무도 그대로다. 새로운 회사에서 새로운 사람과 시스템에 적응해야 하는 부담만 안게 되었다. 어리석은 선택이었다. 그냥 애초에 이직을 하지 않고 익숙한 회사에서 익숙한 사람들과 익숙한 일을 하는 편이 더 나았을 수도 있다. 하지만 모든 게 원점인 건 아니다. 지금의 나는 그전의 나와 엄연히 다르다. 다른 일을 해보니 막상 별것 없다는 걸 알았다. 그러니 다른 일에 대해 환상을 갖지 않을 것이다. 조금 더 현실적으로 접근할 것이다. 찍어 먹어보고 똥인 걸 알았으니 또 찍어 먹어보지는 않을 것이다.

앞으로도 그럴 것이다. 무언가를 이루어 내겠지만 막상 삶이 크게 달라지진 않을 것이다. 팀장을 달거나 임원이 되어도, 베스트셀러 작가가 되어도 별것 없을 것이다. 그래서 때로는 허탈감도 느낄 것이다. 겨우 이런 것들을 위해서 이 고생을 한 건가 싶을 것이다. 하지만 그 와중에도 삶은 조금씩 달라지고 있을 것이다. 제자리를 맴돌고 있는 것처럼 보이지만 앞으로 나아가고 있을 것이다.

"왜 너는 나를 사랑하지 않는가?"

지난 20년 동안 나를 괴롭혀 왔던 이 질문에 대한 답 역시 그렇다. 한때는 순수한 사랑을 꿈꾸었다. 사랑하니까 내 모든 걸 보여주어야 한다고 생각했고, 그 사람이 내 모든 걸 이해해 주어야 한다고 생각했다. 또 언젠가는 사랑의 가치를 비웃기도 했다. 사랑은 번식욕을 그럴싸한 예쁜 말로 포장한 것에 불과하다며, 동물의 발정이나 우리가 사랑이라 부르는 것이나 별반 다를 게 없다며 짐짓 위악을 떨기도 했다. 지금은 다시 원점이다. 너를 만나고 사랑을 알게 되었다고 생각했지만 오래지 않아 헤어졌다. 지난 20년 동안 그랬듯 나는 또 혼자다.

하지만 20년의 여행을 마치고 돌아온 자리는 떠나기 전과는 조금 달라져 있었다. 나는 사랑을 했다. 20년 전에 상상했던 것만큼, 드라마에 나오는 것만큼 아름답지만은 않았다. 중앙선을 넘어 달려오는 5톤 트럭으로부터 너를 구하기 위해 몸을 던지는 사랑, 내 심장까지 내어줄 수 있는 사랑은 아니었다. 결국 나는 현실적인 조건들에 꼬리를 내리고 도망치고 말았다. 하지만 아름다웠던 순간들도 분명 있었다. 주도권을 잡으려 기싸움을 벌이지 않아도, 유쾌한 척 잘난 척하지 않아도 있는 그대로의 나를 봐주는 사람이 세상에 하나쯤은 있다는 걸 알게 되었다. 그래서 너와의 200일은 그전에 내가 보내온 60번 넘는 200일 중 가장 행복했다. 어쩌면 그걸 다 합친 것보다도 더.

그러니 이제는 다음 문제를 풀면 된다. 초면에 너무 우울하고 딥한 이야기를 할 필요는 없지만 그렇다고 억지로 외향적이고 자신감 있는 모습을 연출할 필요도 없다. 마음 가는 대로 자연스럽게 하면 된다. 아마 잘 안될 거다. 10번 하면 9번은 까일 거다. 하지만 어쩔 수 없다. 키가 이 정도밖에 안 되고 얼굴이 이 정도 밖에 안 생겼고 돈이 이거밖에 없으니 어쩔 수 없다. 그래도 하나는 있을 거다. 지난번에도 있었으니 이번에도 한 명쯤은 있을 거다. 물론 더 잘생기고 돈이 많았다면 더 쉬웠겠지만, 막상 그렇게 부러워할 일도 아니다. 어차피 대한민국은 일부일처제다. 차은우도 한 표고 나도 한 표다.

아마 이 문제를 푼다고 끝이 아닐 것이다. 결혼을 해도, 부모가 되어도, 집을 사도, 아이를 대학에 보내고 결혼을 시켜도 끝이 아닐 것이다. 삶은 계속해서 나에게 질문을 던질 것이다. 동화 속 사랑 이야기는 "공주님과 왕자님은 백성들의 축복 속에 결혼해서 오래오래 행복하게 살았답니다."로 끝나지만 현실은 그렇지 않다. "오래오래 행복하게 살았답니다."라는 한 문장에는 헤아릴 수 없이 많은 우

여곡절이 숨어 있다.

하지만 계속 살아낼 것이다. 삶이 던지는 질문들에 계속 답할 것이다. 그게 정답인지 오답인지는 모르겠지만 그렇게 할 것이다. 좌절할 때도, 후회할 때도 있겠지만 그 안에 너무 오래 갇혀있지는 않을 것이다. 그 역시 과정일 뿐 끝이 아니니까. 중학교 2학년 때 네가 내 마음을 받아주었더라도, 첫 직장에서 네가 날 버리지 않았더라도, 연애 프로그램에서 내가 최종 커플이 되었더라도 삶은 어김없이 또 다른 질문을 던졌을 테니까. 그것도 더 고약하고 난감한 질문으로. 그러니까 죽지 않을 것이다. 소설 속 베르테르는 권총 자살로 생을 마감했지만 나는 그렇게 하지 않을 것이다.

그러니 너도 살아내길 바라. 삶이 던지는 질문들에 응답하길. 더 멋지고 사랑스럽고 행복한 사람이 되길. 나의 잠재적 해답이여.